リセット14

登場人物紹介

◀フレイル

魔法師団に所属している、
精霊使いの青年。
他人にはその力を秘密にしている。

◀リュシオン

クレセニアの王太子。
強大な魔力を持つ
魔法使い。

▲カイン

ルーナに助けられ、
公爵家に身を寄せていた、
エアデルト国の第二王子。
現在はクレセニアに留学中。

▲ルーナ

千幸《ちゆき》が転生した姿。
リヒトルーチェ公爵令嬢。
前世の記憶と強大な魔力を
持ちつつ人生やり直《リセット》し中。

◀千幸(享年18歳)

超不幸体質の女子高生。

ユアン▲
ルーナの次兄。
魔法の才能があり、
魔法師団に所属している。
▲ネイディア
リュシオンの異母妹である、
クレセニアの王女。
なんと魔族として覚醒して――？
◀焔王
風姫▶
◀レグルス
シリウス▲
◀水姫
ルーナの守護者たち

第一章　アンセルの町

あなたは、彼のために笑う。わたしは、あなたに何ができたのでしょう？


その知らせがルーナの耳に届いたのは、新年を迎え、ひと月が過ぎようとした頃だった。

冬期休暇中のルーナは、王都にある公爵邸の自室にて寛《くつろ》いでいた。

「奇病？」

「そうなんです、ルーナお嬢様。先ほど買い物に出た者が聞いてきたのですが、怖いですわね」

お茶の給仕をしていたメイドの話に、ルーナは読んでいた本から顔を上げた。

彼女の興味を引いたのに気づき、メイドはさらに続ける。

「なんでも、突然気を失って倒れ、それが頻繁に起こるようになるらしいのです。そしてだんだんと衰弱していき、最終的には意識が戻らなくなるとか。食事も摂れなくなるので、そのままでは死に至るという話ですわ。いったい、どんな病《やまい》なんでしょう？」

「気を失って、衰弱……」

「はい。仕事中や買い物中、皆、それまではなんの病《やまい》もなく、健康そのものだったみたいですわ」

「お医者様や、薬師《くすし》には診てもらったの？」

一般庶民が、貴重な白魔法使いの治療を受けるのは難しい。

しかし、市井《しせい》にも薬師《くすし》、そして少数だが医者も存在する。彼らでも、大抵の病《やまい》や怪我には対応できるのだ。

「はい。ですが、原因は不明だそうですわ。兆候も何もなく、お医者様や薬師《くすし》が診察しても皆、首を傾げるばかりみたいです」

「そう。そんな奇病が……」

「最初は東区の外れで何人か患者が出たそうなのですが、だんだん増えているようですわ。原因がわからないって怖いですわよね。ルーナお嬢様もお気をつけてくださいましね。何しろレングランド学院は東区にあるのですし」

「そうね。でも、学生は学院の敷地からは出ないから」

「なら、安心ですわね」

にっこりと笑うメイドに、ルーナも笑みを返す。

しかし、その内心は、嵐が吹き荒れていた。

「少し一人になりたいの。給仕はいいから、下がってくれる？」

「はい、かしこまりました。ご用がございましたら、お呼びください」

「ありがとう」

メイドが去っていくのを見送り、ルーナは胸元のペンダントトップに手を触れた。

中央にダイヤが置かれ、その周りを花弁のように、色鮮やかな宝石が囲んでいる。

見た目は美しい装飾品だが、これは新たにルーナが作成した〈通信〉の魔道具《マジックツール》だった。

彼女が魔道具《マジックツール》として開発したそれは、前世である日本で使用していた携帯電話をもとにしている。

ルーナが前世——高崎千幸《たかさきちゆき》という少女であった頃の記憶が、こうした魔道具《マジックツール》を開発するきっかけだった。

〈通信〉の魔道具《マジックツール》は、彼女が幼い頃に作成したもので、すでに発表されてから数年が経っている。

最近では公共の場にも設置され、一般市民にもなじみが深くなってきた。それに伴い、機能も洗練されてきている。

以前は、対になる〈通信〉の魔道具《マジックツール》同士のみで会話するというものだった。

しかし現在では、数カ所ならば通信先を登録でき、それぞれに連絡できる。その技術に加え、ルーナは登録先の者全員と一度に会話ができる機能を取りつけた。

日本でよく使われていた通信アプリの、グループ会話を参考にしたのだ。

さらに、登録者の魔力を〈追尾〉する機能や、紛失の際は遠隔で破壊する機能なども盛り込んでいる。

そうしてできた新しい〈通信〉の魔道具《マジックツール》が、ルーナが今、身につけているペンダントだった。

同じ機能のものを、リュシオン、カイン、フレイル、そして、兄二人に贈ってあるため、やり取りするのが大変楽になっている。

各自と連絡を取る場合は、それぞれ相手先を決めた宝石——正確には魔石——に触れるだけだ。

全員と連絡を取る場合は、中央の魔石に触れながら魔力を流せばいい。

ルーナは、中央の魔石に指で触れ、魔力を流す。これで、全員にルーナからの呼び出しが伝わる。

もっとも、相手は多忙を極める者たちだ。

呼び出しに気づいても、応じることができない場合も多い。その時は、後で連絡をするようにあらかじめ決めていた。

「みんな、知ってるのかな……」

ルーナは、ペンダントを手で弄《いじ》りながらつぶやく。

それに反応したかのように、リンリーンという鈴の音が彼女の耳に響いた。

〔リュシオンだ。ルーナ、どうした？〕

〔カインです。大丈夫ですか？〕

リュシオンとカイン、二人の声がペンダントから聞こえてくる。

ここクレセニアの王太子であるリュシオンと、隣国の王子であり、現在は伯爵という肩書でこの国に留学しているカイン。

多忙な彼らだが、偶然にも魔道具《マジックツール》の呼びかけに応える時間があったようだ。

しかし、魔法師団員として働くフレイルとユアン、そして、リュシオンの側近として働く長兄ジーンは、手が離せないのか応答がない。

そのためルーナは、ひとまず連絡のついた二人に話すことにした。

「二人とも、忙しいところごめんね」

〔問題ない。何があった？〕
リュシオンの問いに、ルーナは先ほどメイドから聞いた噂話を告げる。
「聞いたことあった？」
〔いや、俺の方には報告がないな〕
〔数人ということですから、近い者たちの間で広がっているくらいなのでしょうね。ですが、まだ患者が増えるのであれば問題です〕
カインの言葉に、ルーナは大きくうなずいた。
〔奇病か……〕
〔症状を考えると、似てますね〕
〔ああ〕
「やっぱり、二人もそう思うよね……」
奇病ということ、そしてその症状を聞いた時、ルーナには思い浮かぶものがあった。そしてそれは、リュシオンとカインも同様のようである。
「二ヶ月前のことと、何か関係あるのかな？」
〔わからん。だが、そうそうあのような病《やまい》が蔓延《まんえん》するとは思えない〕
〔リュシオンの言う通りです。となると、やはり関係していると見て間違いなさそうですね〕
「あれと同じ奇病……」
ルーナはそうつぶやくと、二ヶ月前の出来事を思い返した。

†

数ヶ月前。

ルーナは、リュシオンの異母妹であるネイディア王女の付き添いとして、ヴィントス皇国に向かった。

その滞在中、ネイディアと共に魔族の襲撃を受け、攫《さら》われる事態に陥《おちい》る。しかし、共に攫《さら》われたと思ったネイディアは、実は犯人側だったのだ。

自分は魔族であると語った彼女。

にわかには信じられない話だが、実際に魔族――バルナドといるところを見れば、魔族かどうかはともかく、敵であることはルーナも信じざるを得なかった。

ネイディアは、捕まえたルーナを亡き者にしようとするものの、彼女にかけられた護《まも》りの前に叶わなかった。

そのためネイディアは、別の手段を用《もち》いることにする。それが、ルーナに呪いをかけることだったのだ。

呪いは、ルーナに関する記憶をリュシオンとカインから消すというもの。彼らから見知らぬ者のような扱いを受けるのは、ルーナにはとても辛いものだった。

そうした精神的苦痛を与えるとは別に、魔族という脅威と戦う上で、絶対に必要な者たちの絆《きずな》を壊す狙いもあったのだろう。実際に、二人にルーナが忘れられたことで、大きな不便が生じた。

さらには、魔族のせいとは断定できないものの、ルーナを守護する精霊たちの姿も消えてしまったのだ。

ルーナは、心細い状況の中で、一人なんとかしようと奮闘するしかなかった。

そこで、ネイディアの呪いを解くために必要になったのが、『神宝』である。それも二つ。

一つはルーナが持っている短杖《ロッド》を使えるが、問題は残りの一つを集めることだった。地下神殿で見つかった短剣の神宝はあるものの、それはリュシオンが管理している。

普通ならばリュシオンに事情を説明して借り受けるだけで、まったく問題ない。だが、その時の彼は、ネイディアの呪いによりルーナを忘れていた。そのため、ルーナに対して信頼などなかったのだ。そんな人間に、自らが持つ神宝など貸し与えるはずがない。

困った事態になったルーナだが、それは偶然にも王都を訪れたコットという、以前知り合った獣人の青年により解決する。

彼の持つチャクラム型の神宝と、ルーナの持つロッド。

二つの神宝に加えて、マルジュ高原にある神域——それを守る聖獣のおかげで、ルーナは呪いを解くことができたのだった。

ルーナたちが呪いを解くべく奔走していた頃、ヴィントス皇国に足止めされていたフレイルとユアンは、新たな神宝の行方《ゆくえ》を追っていた。

そして、手がかりとしてわかったのが、キルスーナ公国の住人である人物。

その人物に会うべく、ルーナはリュシオンとカインの二人と共に、キルスーナへと向かったのだった。

†

キルスーナ公国。

ヴィントス皇国の北にある小国群の一国だ。横に細長い国土を持ち、そのほとんどが険しい山地となっている。

そんなキルスーナ公国の西の端に位置する、小さな港町アンセル。

貿易船などの大きな船が就航する港ではなく、地元の漁師たちが使用する船が並ぶ、少しばかり寂《さび》れた漁師町だ。

ルーナたちは、異例の早さで準備を進めると、一週間後にはこの町に辿り着いていた。

理由が理由だけに、〈転移門〉を使用しての強行軍である。

「あれがアンセルか……」

町へと続く山道から、眼下に広がるアンセルの町を見下ろし、リュシオンがつぶやく。その横では、カインとルーナが同じように町を見下ろしていた。

背後には、三人が乗ってきた馬車が停まっている。御者《ぎょしゃ》は地味なお仕着せを着ているが、リュシオン配下の兵士だ。

よく心得《こころえ》た彼は、ルーナたちの邪魔をしないよう、静かに御者台《ぎょしゃだい》で待機している。今回彼は、フレイルとユアンに合流した後、入れ違いで帰国する手はずになっていた。

「田舎町《いなかまち》という感じですね」

アンセルの町並みに、カインがそう感想を述べる。

港を中心に広がる町には、多くの家が密集して建ち、海岸には数隻の船が見えた。町並みは雑然とした王都の下町を彷彿《ほうふつ》させる。

「あそこに手がかりがあるんですね」

カインは、目を眇《すが》めて町を見つめた。

彼らの常識――クレセニアやエアデルト国内の町と比べれば、村と言っていい規模である。

だが、ここはキルスーナ公国。

平野部の豊かな大地に人口が集中しているため、こうした辺境の地では、この程度でも近隣で一番大きな町であった。

「リュー、兄様たちが来るのを待つの？」

ユアンとフレイルは、ヴィントス皇国から直接アンセルに向かうことになっている。使節団はそのままクレセニアへの帰途につくが、二人だけは別行動なのだ。

ルーナの問いに、リュシオンは少しの間考え込む。

「アンセルに到着するのは同時くらいとは言っていたが……一度連絡を取った方がいいかもしれないな」

「そうだね。じゃあわたし、魔道具《マジックツール》で訊いてみるよ」

「頼む」

ルーナは、服の下から〈通信〉の魔道具《マジックツール》であるペンダントを引っ張り出した。

ユアンに通信が繋《つな》がる、花弁をかたどった黄水晶に触れる。するとすぐに、ユアンの声が聞こえてきた。

〔ルーナかい？〕

「ユアン兄様、ルーナです」

〔どうしたんだい？　何かあった？〕

心配そうなユアンの声に、ルーナは慌てて否定する。

「何もないよ。あのね、わたしたち今、アンセルの町のすぐ近くまで来てるの。兄様たちはどうなのかなって」

〔なるほど。僕たちも町に続く山道に入ったところだから、そんなに離れてはいないんじゃないかな？〕

ユアンの説明を受け、ルーナは指示を仰《あお》ぐために、リュシオンを見た。

「近いのなら、合流してから向かおう」

〔了解です。じゃあ、少し急ぎますね〕

「ああ、それまで俺たちは休憩でもしてる」

〔わかりました。では〕

「兄様、フレイ、気をつけてね」

最後に声をかけると、ルーナは通信を切る。

そして、ペンダントを元通り服の下に戻した。

魔道具《マジックツール》という点だけでも高価だが、ルーナのペンダントは装飾品としても価値がある。無用なトラブルを避けるため、いつもは隠していた。

同じような理由で、彼女たちの服装は、地主階級《ジェントリ》や裕福な商人などが着ているようなものにしている。

あまりに庶民的なものだと、今度は特権階級の者とのトラブルが予想されるため、このぐらいの身分にしておく方が安全なのだ。

小国の下級貴族や地主階級《ジェントリ》ならば、庶民との垣根も低いため、それほど恐れられることもない。

今回のアンセル訪問は町の人間にも接触するため、こうした気遣いも必要だった。

ユアンたちが合流するまでの間、ルーナたちは道の端で休憩することにする。

魔道具《マジックツール》のポットを持ち込んでいたため、すぐにお茶を淹《い》れることができるのだ。ちなみにこれは、庶民の間にも広まっているものなので、特に周囲の目を引くこともない。

バスケットに入って大人しくしていたシリウスとレグルスも、今はルーナの膝の上で寛《くつろ》いでいた。

その様子にほっこりしつつも、ルーナの表情が僅《わず》かに翳《かげ》る。いまだ風姫《ふうき》や水姫《すいき》といった精霊たちの行方《ゆくえ》は不明のままなのだ。

とはいえ、精霊王である彼らは簡単に危機に陥《おちい》るような存在ではない。もともと唐突にルーナの傍を離れることもあったため、彼女は何か事情があるのだろうと信じて待つことにしていた。それでも心配は尽きない。同じ守護者である二匹を見るたびに、否応にも精霊たちの不在が思い起こされるのだ。

暗くなりそうな思考から、ルーナは無理矢理かぶりを振って離れる。

そんな風に休憩時間を過ごしていると、リュシオンがじっとカインとルーナを見つめだした。

「何、リュー？」

不思議そうに首を傾げるルーナに、リュシオンはポツリとつぶやいた。

「いや、俺たち全員で兄妹設定は無理があるよなぁ」

「でしょうね。まず髪の色がバラバラですし。兄妹だとしたら全員母親が違うとか、そういうことにしないと無理でしょうね。それでも似ていなさすぎますけど」

カインの言葉に、リュシオンは深々とうなずく。

ルーナは銀色の髪、リュシオンは黒、カインは金茶色で、フレイルは紫紺の髪だ。そして、唯一本当の兄妹であるルーナとユアンだが、ユアンは金髪の上に、双方それぞれ父似、母似の顔立ちということで、パッと見は血が繋《つな》がっているようには見えない。

五人全員が兄妹というのは、リュシオンが言う通り、さすがに無理があった。

「ルーナとユアン、カインが兄妹、俺とフレイルはその友人というのが、一番無難か……」

ユアンとカインの髪色は近い。そしてルーナとユアンは多少見た目の違いはあるものの、本当の兄妹のため、一番納得されやすい組み合わせと言える。

「それなら、なんとか」

「でも、わたしたちってどういう理由で、この町に来たことにするの？　素直に人捜しをしてまって言っちゃっていいのかな？」

「まぁ、人捜しは言ってもいいだろう。立ち入ったことを訊かれたら、家の名誉に関わるとでも言っておけばいい」

ルーナの疑問に、リュシオンは淀《よど》みなく答える。

貴族、またはそれに準ずる階級が体面を気にすることは庶民にも周知されているため、そう言えば大抵の者は勝手に察して黙るのだ。また、そうした事情は、一番下の位である男爵や、騎士爵などの準貴族ですら、例外ではない。下手に突っ込めば不敬で処罰されることもあり得るため、わざわざ自らを危険に晒《さら》す者はいないはずだ。

そんな話をしていると、背後から蹄《ひづめ》の音が聞こえてきた。

一斉に振り返ると、予想通りそこには、フレイルとユアンの姿があった。魔法師団の制服では目立つためか、リュシオンやカインと似たような富裕層の旅装をしている。

「兄様！　フレイ！」

ルーナが手を振ると、彼らは近くまで来て馬を止めた。

「思ったより早かったですね」

「よかった。そんなにお待たせしてないみたいで」

ユアンとフレイルは、馬を下りるとリュシオンとカインに恭《うやうや》しくお辞儀する。

昔と違い、魔法師団に所属し、国に仕えるようになったユアンとフレイル。それもあり、こうして畏《かしこ》まった態度を取っている。

「ああ、やめろやめろ。おまえらに敬《うやま》われるとか、むず痒《がゆ》くなる。公式の場合はともかく、今は前みたいでいい」

「ええ。僕もそれで」

リュシオンとカインがそれぞれ言うと、ユアンとフレイルは苦笑しながらうなずいた。

「さっき話していたんだが、ユアンとカイン、そしてルーナが兄妹という設定で、俺とフレイルはその友人ということにする。だから余計に、敬《うやま》った態度なんかされたら困るわけだ」

「わかりました――あ、わかったよ」

リュシオンの視線を感じたユアンは、意識して口調を変える。それに満足すると、リュシオンは皆を見回した。

「じゃ、そろそろ出発するか。二人の馬を馬車に繋《つな》いでくれ。こっちの一頭はあいつが乗っていくから」

「了解です」

「はい」

ユアンとフレイルは、すぐに乗ってきた馬を馬車に繋《つな》げる。

そうして、全員が馬車に乗り込むと、御者《ぎょしゃ》を務めてくれていたリュシオンの部下はお辞儀をして去っていく。それを見送った後、皆が乗った馬車はゆっくりと進み始めたのだった。

†

アンセルの町に着いたルーナたちは、さっそく宿を取ることにした。

メインストリートにある宿は、古びてはいるものの、貴人用の部屋もある立派なものだ。

一時期、この近くで大規模な盗賊団が結成され、それを討伐するため多くの騎士やその上官である貴族が滞在したためらしい。

三部屋ある貴賓室《きひんしつ》に、リュシオンとカイン、フレイルとユアンで一室ずつ、ルーナは一人でという部屋割りで泊まることになった。

貴賓室《きひんしつ》は二階にあり、彼女たちが泊まる三室以外には、会議ができそうな円卓のある部屋があるだけだ。

その部屋は貴賓室《きひんしつ》に泊まる客は使用自由のため、他の客を気にすることなく話し合うこともできる。

皆がアンセルに到着したのは、そろそろ夕方にかかる時刻で、周囲は暗くなってきている。今日はゆっくり旅の疲れを取り、明日から人捜しを決行することになった。

翌日、小鳥のさえずりが聞こえた頃、人々の活動する音も目立ってくる。

その音で、ルーナは目覚めた。

「う……ん。おはよう……」

眠い目を擦《こす》りながら、ルーナは枕の両側で、自分を覗《のぞ》き込むシリウスとレグルスに挨拶《あいさつ》する。

「今、何時かな」

「七時少し前だな」

サイドボードの近くにいたレグルスが、時計を見て告げる。

「起きなきゃ……」

ルーナは身体を起こすと、身支度を整えるためにベッドから出た。彼女に合わせ、シリウスとレグルスもついてくるのが可愛らしい。

支度が終わると、ルーナは円卓の部屋に向かった。

宿の主人に頼み、朝食はそちらに運んでもらうことになっているのだ。

ドアを開けると、そこには全員が揃っていた。どうやら、ルーナが一番遅かったようだ。

「おはよう」

ルーナが挨拶《あいさつ》すると、皆がそれぞれ挨拶《あいさつ》を返す。

すでに朝食の準備は万全のようで、宿の従業員と思われる女性二人が、ワゴンと共に待機していた。

まだ若い従業員は頬を紅潮させて、チラチラとリュシオンたちを見ている。

田舎町《いなかまち》にそぐわない美青年たちを目にすれば、その態度も当然だろう。

（皆、モテすぎじゃない……）

昔からよく見る光景ではある。それなのに、ルーナの胸がチクンと疼《うず》く。

（わたし、寂しいのかな……）

ネイディアの呪いによって、リュシオンとカインはルーナのことを忘れてしまっていた。その時の他人行儀な態度は、思ったより彼女に暗い影を落としていたようだ。

もやもやする胸の内に、ルーナがなんとも言えない気分になっていると、やがて女性たちの視線が彼女に集まる。

美青年四人の中に、紅一点のルーナだ。

どんな関係だと好奇と嫉妬の目が向いたのだ。そんな強い感情を向けられ、ルーナはつい怯《ひる》んでしまう。

（うう……そんな睨《にら》まれても）

ルーナは内心でため息を零《こぼ》しつつ、引《ひ》き攣《つ》った笑みを浮かべるしかない。

とはいえ、準備が完了すれば従業員たちの出番はない。彼女たちが名残惜《なごりお》しそうに出ていくのを見送り、ルーナはホッと息をついた。

食事をしながら行うのは、人捜しの詳細についての確認だ。

神宝の手がかりを持つと思われる人物の名は、ケネス。

ヴィントス皇国の皇弟、ユーリスの記憶から思い起こされたのは、その人物との出会いだった。表向き病弱を装《よそお》っていたユーリスは、寝込んでいると称して世界中を渡り歩いていた。そんな彼が数年前、ここアンセルで関わることになったのがケネスだった。

ただ、わかっている情報が驚くほど少ない。姓は不明で、ケネスという名前のみ。数年前に少年だったので現在は成人しているらしい。容姿は特に目立つところはなく、よくある茶色の髪に茶色の瞳だという。

少年から青年へと年齢を重ねるごとに、容姿が様変わりすることは多々ある。その上、茶色の髪と瞳は、この世界でもよくある特徴だ。

そのため、名前がわかっていても、すぐに見つかるとは限らない。

「まず、名前と年齢で訊いて回るしかないですね」

カインの意見に、皆もうなずく。

「それしかないな。あとはケネスという名前が、この辺りで珍しいものであってほしいと祈るばかりだ」

「確かに……」

冗談っぽく告げたリュシオンだが、皆は笑えないと顔を顰《しか》めた。

何しろ地域によっては、同じ年に生まれた者が全員同じ名前などということもあるのだ。ちなみにその場合、『どこどこ』の、と必ず名字や屋号を付けて呼ばれる。

それほど特殊な地域は珍しいが、何かにちなんで付けられた名前だと、同年代に同じ名前が多くなる。

捜し人がそうした例に当てはまらないことを、ルーナたちは祈るしかなかった。

「心配しても仕方ない。とりあえず二手に分かれて、町の者に話を聞くしかないだろ」

「フレイルの言う通りだな。じゃあ、俺とカインとルーナ、フレイルとユアンで分かれて聞き込みだ」

「了解です。昼に一度、ここで合流すればいいですよね」

「そうだな。もし何かあれば、魔道具《マジックツール》で連絡を取り合おう」

ユアンにうなずき、リュシオンはそう指示を出す。

「では、僕たちは北の方を中心に。先に出ますね」

ユアンが席を立つと、続いてフレイルも席を立った。二人が出ていった後、リュシオンがルーナとカインに尋ねる。

「二人とも、すぐに出かけられるか？」

「ええ、大丈夫です」

「うん。平気だよ」

「じゃあ、俺たちも行こう」

「わたしたちは、南の方だね」

「ああ。まずはメインストリートの方から聞いていこう。雑貨屋なんかは、女のルーナが話した方がいいだろう」

「了解、任せて。とりあえず、しぃちゃんたちは留守番しててねって言ってくる！」

ルーナは軽く自分の胸を叩くと、椅子から立ち上がる。そして慌ただしく部屋を出ていったのだった。

†

ルーナたちが宿泊している宿は、アンセルのメインストリートの中心にある。宿を起点として、南方向へ向かえばいいというわけだ。

メインストリートといっても、馬車が通れる幅がある道なだけで、クレセニアの王都ライデールなどの大通りとは比べものにならない。

だが、町で唯一の商業地区なのだろう、通りには色々な店が建っていた。

北側は市場が開かれる広場があり、南側には雑貨屋や金物屋など、生活に密着した店が並んでいる。

「まずは、あそこの雑貨屋に行ってみるか」

「うん」

「いいんじゃないですか」

意見が一致したところで、ルーナたちは宿からすぐの雑貨屋に向かった。

ルーナが先頭に立ち、短い階段の上にあるガラス格子《こうし》のドアを開ける。すると、カランカランとドアについたベルが音を立てた。

「いらっしゃい！」

ドアを開けると同時に、元気な女性の声が響く。

ルーナが声の方向を見れば、ふくよかな中年女性がカウンターの向こうに立っていた。

「こんにちは」

ルーナが声をかけ、その後ろからリュシオンとカインが続く。

三人が目に入ったところで、女性――その店の女将《おかみ》はぽかんと口を開けて固まった。

田舎町《いなかまち》にそぐわない、美青年二人と美少女の登場は予想外だったのだろう。信じられないものを見たような反応である。

「えっと……」

女将《おかみ》の態度に困惑し、言葉を詰まらせるルーナ。その様子を見て、女将《おかみ》はようやく我に返った。

「へ、あ、な、何か御用かい？」

「すみません、少し伺いたいことがあるのですが」

「伺いたいこと？」

ルーナの言葉に、女将《おかみ》は首を傾げる。

「はい。実はわたしたち、この町で人を探しているんです。ケネスさんという男性なんですが、ご存じありませんか？」

「ケネスねぇ……ケネス、ケネス……姓はわからないのかい？」

「そうなんです。年齢は二十代だと思うのですが……」

「二十代の男で、ケネスねぇ……」

女将《おかみ》は考え込むように目を閉じ、左右に頭を揺らした。

ルーナたちがじっと待つ中、女将《おかみ》はしばらくして目を開ける。しかし、次の瞬間には、申し訳なさそうに眉を下げた。

「悪いけど、思い当たらないねぇ。ケネスって名前の男は二人いるけど、中年親父と老人だからさ」

「そうですか……」

しょんぼりするルーナに、女将《おかみ》はますます眉を下げたが、ふと思い出したように声をあげる。

「あっ、そうだ！」

「え？」

「ひょっとしたら、海沿いの方の人じゃないかい？」

「海沿い？」

ルーナが訊き返すと、女将《おかみ》が説明してくれた。

「アンセルは、ここら辺の『町』の人間と、海に近い場所にある『海沿い』の集落を合わせて言うのさ。だが、町と海沿いの人間は、あんまり交流することがなくてねぇ……」

「何かあるのですか？」

カインが口を挟むと、女将《おかみ》は近くに来るよう手招きした。

そして、ルーナたちが近づくと、声を潜《ひそ》めて話し出す。

「海沿いってのはね、魔物に村を襲われて逃げてきた者や、そういう村を捨ててきた者たちが作った集落なんだよ。そんな連中だから、海沿いの土地しか住む場所がなくてねぇ。けど、海からの潮風のせいか、作物もあまり育たない痩《や》せた土地なんだ。それで、町の人間より貧しい暮らしを余儀なくされているわけさ。最初はそんな海沿いの人間を、町の者も哀れんだんだよ。でもさ、自分たちより裕福な暮らしをしてるってんで、突っかかってくる奴らも多かったんだ」

「どちらも悪いわけではないが、同じ『アンセル』としては、納得できないというところか」

リュシオンの言葉に、女将《おかみ》は大きくうなずいた。

「そんな感じさ。まぁ、それでも小さな小競り合いくらいで済んでいたんだよ。それが二一年ほど前かねぇ。海沿いの若者が、町の人間を襲って大怪我をさせてしまったんだ。それも後遺症が残るようなね。それからお互いほとんど関わらなくなってしまったのさ。人間だもの、海沿いの住人が皆、乱暴者だなんて思わないけど、怪我をしたのは町の有力者の親族でね。そんなわけで、おおっぴらに交流することがなくなってしまったんだよ。だから、あっちのことはあたしにもあまりわからないんだ」

「そうですか……。わざわざ教えていただき、ありがとうございます」

ルーナが礼を述べると、女将《おかみ》は「いいんだよ」と、人の好《よ》さそうな笑みを浮かべた。

お礼に雑貨屋に置いてあったクッキーと飴を買った後、ルーナたちが店を出ようとすると、女将《おかみ》が後ろから声をかけてきた。

「あんたたち、海沿いの方へ行くのかい？」

「はい、一応」

「そうかい。どうしてもって言うなら仕方ないけど、本当はあんまり行くのはおすすめしないね」

「というと？」

カインが訝《いぶか》しげに訊くと、女将《おかみ》は顔を顰《しか》めた。

「これはさっきの話とは関係ないよ。……実はね、あっちの方、最近変な病《やまい》が流行《はや》ってるみたいなのさ」

「病《やまい》、ですか？」

「そう。突然バタンと倒れて、だんだんと衰弱した後に、起き上がれなくなるんだと。最後は意識が戻らなくなって、そのまま冥界に旅立つって話だ」

「それは、この辺り独特の病《やまい》なのですか？」

ルーナは、女将《おかみ》に尋ねる。

感染病には、その土地独特のものが存在する。原因ははっきりしないものの、発生するのはその地域限定というものだ。

女将《おかみ》に聞いた奇病も、アンセル付近で過去に見られた病《やまい》ではないかと思ったのだ。

「いや、そんな病《やまい》にかかった者なんてこれまでいないさ。それに聞いたところによると、奇病に倒れた者たちは、倒れるまではなんの病《やまい》も患《わずら》ってなかったらしい。まぁ、そんなわけで、今海沿いに行くのはおすすめしないよ」

女将《おかみ》は、「可哀想とは思うけどね」と、同情を込めてつぶやく。

彼女自身は、海沿いの人間を疎《うと》んじているわけではないようだ。

「わかりました。ご忠告ありがとうございます。しばらくこの町に滞在していますので、また寄らせていただきますね」

「それは嬉しいね。あんたみたいな綺麗なお嬢さんや兄さんたちは、ええと……あれだ、目の保養ってやつだからね！」

女将《おかみ》は悪戯《いたずら》っぽく言うと、カラカラと笑った。

そうしてルーナたちは、再度女将《おかみ》に礼を言うと、今度こそ雑貨屋を出たのだった。


外に出た三人は、その場で立ち止まると、お互いの顔を見合わせる。

「奇病だって……」

「普段、あまり交流のない町の人間が知るくらいだから、それなりに患者が出ているんじゃないか？」

リュシオンの指摘に、ルーナとカインはハッとする。

女将《おかみ》が語った『町』と『海沿い』の二つの地域。二十年前の事件もあり、ほとんど交流が途絶え、お互いにあまり良い感情を持っていないのが現状だ。

そんな対立に近い状態の中で相手方の状況を知っているというのは、どういうことなのか。

単に、密かに交流していた者からの情報であれば良い。そうではなく、リュシオンの言うように隠しきれないほどの患者がいるとなれば、大きな問題だった。

「これは、一度ユアンやフレイルとも相談した方が良いな」

「僕もそう思います」

リュシオンの意見に、カインも同意する。

この町に来た目的は、神宝に繋《つな》がる手がかり——ケネスを探すことだ。

しかしそのために、ルーナたちが奇病に感染することは避けたい。

「ケネスのこともだが、奇病についても詳しく調べるべきか」

「ええ。昼までにはまだ時間があります。もう少し、情報を集めましょう」

「それがいいね」

ユアンやフレイルとは、昼に宿で落ち合うことになっている。

それまでにはまだかなりの時間があった。

町の人や店に片っ端から話を聞いていけば、海沿いの集落で発生している奇病のことも、もう少し詳しくわかるかもしれない。

「今度は、あそこの武器屋を覗《のぞ》いてみよう」

すぐ近くにある店は、軒下《のきした》の看板に剣が交差したイラストが描かれていた。

これはよく知られた武器屋のマークである。

ルーナたちは、こうして残り時間を最大限使って、様々なところで情報を集めたのだった。

†

宿に戻ると、すでにユアンとフレイルが戻ってきていた。

五人は、昼食を頼むと二階の円卓の部屋へと向かう。

一階にある食堂ですでに作られていたのか、すぐに昼食の準備が整った。おそらく、リュシオンたちの気を引こうと、給仕を急いだ女性従業員の努力もあったのだろう。

食事中の給仕は断り、従業員が部屋を出ると、さっそくリュシオンが口火を切る。

「ケネスについて、そっちは何かわかったか？」

「いえ、あまり。ケネスという人物は姓と名前、両方含めて何人かいるようですが、皆さん二十代くらいの青年には心当たりがないようですね」

ユアンの語った内容は、ルーナたちが集めたものと一致していた。

「僕たちの方も、同じような結果です。ただ……『海沿い』のことは聞きましたか？」

カインの言葉に、ユアンとフレイルは不思議そうに首を傾げる。どうやら彼らは、海沿いについての情報は知らないようだ。

カインは二人に、町と海沿いという二つの地域について説明をする。

「なるほど、そんな場所が……これは部外者にはわからない事情だな」

「ああ、フレイルの言う通りだ。それから、もう一つ問題があった」

「問題、ですか？」

ユアンはコテンと首を傾げた。

すでに成人しているにもかかわらず、こういう仕草が似合ってしまうのがユアンである。

兄の様子を感慨深げに眺めていたルーナは、皆の視線が自分に集まっているのを感じ、慌てて口を開いた。

（そうだ、わたしが聞いたんだもんね）

「雑貨屋の女将《おかみ》さんが言ってたんだけど、海沿いの方では奇病が流行《はや》ってるらしいの」

「奇病？」

なんだそれは、と言わんばかりのフレイルが、眉間に皺《しわ》を寄せる。

「なんの持病もない人が突然倒れて、衰弱していってしまうんだって。最終的には起き上がれなくなって、意識も戻らなくなるみたい」

「……聞いたことのない症状だな」

フレイルは、考え込むように腕を組んだ。

幼い頃は、養父であるクヌートについて、あちこちの国を回ったことがあるフレイル。その彼でも、そんな病《やまい》は初耳だった。

「流行《はや》っているということは、感染する可能性がある病《やまい》ですね。いくら神宝のためとはいえ、自分たちが病《やまい》に倒れてしまっては元も子もありません。どうすべきか……」

カインの言葉に、皆は黙り込む。

この町に来たのは、神宝の手がかりを得るためだ。

魔族との対立を余儀なくされている今、彼らに対抗できる唯一の手段とも言える神宝は、必ず手に入れておきたい。

だが、伝染病に罹患《りかん》しては、戦うことすらできなくなる。それに、リュシオンとカインは大国の王子なのだ。公《おおやけ》になれば国が混乱するほどの大事《おおごと》になる。

「では、僕が海沿いに行くというのはどうです？」

「兄様⁉」

驚きの声をあげるルーナに、ユアンは軽く笑ってみせる。

「僕なら、何かあっても特に問題はないからね」

「何言ってるのよ、兄様！」

ルーナが声を荒らげるが、ユアンは落ち着いた様子で返した。

「本当のことだよ。でもまぁ、奇病というのが本当に伝染するものなのか、そもそも本当に病《やまい》なのかもわからないし。それを探るのも必要だ」

「そうだけど……」

不満そうなルーナの頭を、ユアンは目を細めて撫でる。

彼女が自分を心配して言っているのは、ユアンもよくわかっているのだ。

そんな兄妹を取りなすように、カインが口を開く。

「ユアンの言う通り、奇病なのかよくわかっていないのですから、それらも含めて調べましょう。ただ、僕の印象ですが、症状を聞くと病《やまい》というより毒の類《たぐ》いに思えます」

「ああ、確かにな」

カインの意見に、リュシオンも同意した。

ルーナも、その言葉を聞いてハッとする。

奇病。最初にそう聞いたため、素直に病気なのだろうと思ってしまったが、症状としては毒をもられた時のものに近い。

蓄積することで症状が酷くなったり、回復してもしばらく不調が続いたりという毒は、確かに存在するのだ。

「実際に患者に会ってみないと、詳しくはわからないな」

「やはり、一度海沿いの方へ行ってみるのがよさそうだね」

「じゃあ、俺も一緒に行く」

ユアンに続き、フレイルが名乗りをあげる。それを受け、リュシオンは二人にうなずいた。

「わかった。ただ、危険な伝染病の類《たぐ》いなら、それ以上近づくな」

「ええ、もちろん」

「善処する」

「……」

返事をする二人を、ルーナは複雑そうに見た。

止めはしない――止められないが、どうしても心配になる。

そんなルーナに、カインが穏やかに話しかける。

「ルーナ、彼らなら無謀なことはしないでしょう。それに、僕が毒と言った理由は、症状についてだけじゃないんです」

「どういうこと？」

「距離です。町と海沿い――二つの地域に距離があるとはいえ、同じアンセルの土地であることに変わりありません。何人も患者が出るような伝染病ならば、町にも一人くらいは患者が出てもおかしくない。なのに、こちらには誰も被害が出ていないのですよ」

「何か裏がありそうな気がするな」

フレイルの言葉に、皆はそれぞれ首肯した。

「それじゃあ、これから僕たちは海沿いに行ってみますね」

「ちょっと待って、兄様」

「ルーナ？」

声をあげたルーナに、皆が「納得したのでは？」といった視線を寄越す。それに怯《ひる》むことなく、ルーナは宣言した。

「わたしも行く！　危険なのはわかってるけど、わたしは白魔法の心得《こころえ》があって、病《やまい》にしろ毒にしろ、対応することができる。なら、一緒に行く方がより安全だと思うんだ」

ルーナの説得に、皆一様に渋い顔になる。

それは、彼女の意見がもっともなものに他ならないからだ。

全員、魔法の心得《こころえ》はある。しかし、治癒や解毒に特化した白魔法が扱えるのは、ルーナとフレイル、ユアンの三人だ。

だが、フレイルとユアンは簡単な応急処置程度しか使えず、ルーナのように解毒や大きな傷を一瞬で治してしまえるような魔法は使えなかった。

「だから、わたしも行く」

落ち着いた声音で言い放たれ、皆は言葉を詰まらせる。

しかしやがて、大きなため息をついたリュシオンが口を開いた。

「わかった。だが、十分気をつけろ。無理は禁物だ」

「うん、もちろん」

しっかりうなずくルーナに、リュシオンは渋い顔だ。一応納得はしているが、それでも不本意であることには違いない。

「ユアン、フレイル。頼んだぞ」

「ちゃんと見張る」

「もちろんです」

短く答えるフレイルとユアンに、ルーナだけは不満げな視線を向けた。

(見張るとかって何!?　わたし、そんなに無謀じゃないし!)

だが、そんな彼女の無言の抗議は、全員に黙殺されたのだった。

†

宿を出たルーナとフレイル、ユアンの三人は、メインストリートを南に向かって歩いていた。

海沿いと呼ばれる地域は、メインストリートの先をさらに南に進んだ場所にある。その名が示す通り、海に近い場所だ。

それなりに距離があるため、最初は馬車を使う予定だった。だが、いきなり見慣れぬ馬車が入り込めば警戒される可能性がある。

そう考え、彼らは少しでも周囲を刺激しないよう、徒歩で向かうことにしたのだ。

メインストリートがあと少しで途切れるところで、ルーナたちは足を止める。

前方に、人混みができていたからだ。

「何だろう？」

ユアンがつぶやいた時、人混みの方から怒鳴り声が飛んでくる。

「汚い手で触んじゃねぇよ！」

「お願い！　お願いだから!!」

男と、まだ幼い少女の声。それを聞いて、ルーナたちは顔を見合わせた。

「行ってみよう」

ルーナは言うと同時に駆け出す。すぐさま、フレイルとユアンもそれに続いた。

まばらに集まっていた人垣を抜けた三人は、中心にいる二人に目を向ける。

声から想定した通り、中年の男と、七、八歳の少女だ。

男はこの町の住人だろうか。生成《きな》りのシャツに、サスペンダーつきの茶色のズボンという、ここらでよく見るような服装だ。

少女の方は、接《つ》ぎの当てられた、着古した黄色のワンピース姿である。背中の半ばまである茶色の髪を三つ編みにして、両肩に垂らしていた。

大きな茶色の瞳に、そばかすの散った白い顔。素朴だが可愛らしい顔立ちの少女だ。

そんな少女を、男は忌々《いまいま》しそうに睨《にら》み付けている。よく見れば、少女が男のシャツを掴み、何かを必死にお願いしているようだ。

幼い少女を虐《いじ》める男の図にも見えるが、男は怒鳴りはすれど、少女に暴力を振るっているわけではない。むしろ、少女が掴んでいる服さえ離せば去っていきそうだ。

それを感じ取ったルーナは、この騒動に割って入っていいものか躊躇《ちゅうちょ》してしまう。

「いい加減にしろっ！　このっ」

堪忍袋の緒が切れたのか、ついに男は大きく手を振り上げた。

（だめっ！）

ルーナが慌てて駆け寄ろうとすると、それより早くフレイルが駆けつけ、男の手を取った。

「さすがに、こんな子供に暴力は感心しない」

淡々と諭《さと》すフレイルに、頭に血が上っていた男も我に返る。

「……そうだな。すまねぇ」

男は素直に謝り、振り上げた手から力を抜いた。それを確認し、フレイルも掴んでいた手を離した。

「いったい、何があったんです？」

ユアンが穏やかに質問すると、男は忌々《いまいま》しそうに少女を見る。

「何がも何も、俺にもわからねぇよ。いきなり服を掴んできたかと思ったら、助けてくれって。家族が病気らしいが、俺は医者じゃねぇ。そう言ったにもかかわらず、服は離してくれねぇし、ほとほと困ってたんだ」

「医者……」

「この町に医者なんてたいそうなもんはいねぇし、薬師《くすし》もしばらく出かけてる。それも説明したんだが、とにかく助けろって言われてもなぁ」

男の説明を、少女は俯《うつむ》いて聞いている。否定しないところを見ると、すべて真実のようだ。

そんな中、野次馬の一人が声をあげた。

「こいつ、海沿いの子供だろう。なんでこっちに来てんだ」

海沿い。そう聞こえた途端、少女の肩がビクリと動いた。

ルーナが最初に海沿いの話を聞いたのは、雑貨屋の女将《おかみ》。彼女はそこまで負の感情を抱いてはいなかったが、両者にわだかまりがあるとは語っていた。

声をあげた男の嫌悪に満ちた声と周囲の様子から、この場にはそうしたわだかまりを持つ者の方が多いと知る。

少女も、町に来れば嫌悪の目を向けられることはわかっているようだ。それでもここに医者を探しに来た——つまり、家族の病《やまい》がよほど重症だということが察せられる。

「そういうわけだから、俺はもう行くぜ」

少女に服を掴まれていた男はそう言うと、足早に去っていった。

それを見て、周囲の野次馬もだんだんと姿を消す。結局残ったのは、当事者である少女と、ルーナたちだけだった。

「君、大丈夫？」

少女の前に屈み、ユアンが優しく問いかける。

優しげで綺麗な青年に話しかけられ、少女は赤くなってユアンを凝視した。

「大丈夫？」

無言で見つめてくる少女に、ユアンはもう一度問いかける。すると、ようやく我に返ったのか、少女は慌てて口を開いた。

「あ、あの、あなたはお医者さんか薬師《くすし》さんを知ってる？」

「お医者様や薬師《くすし》様が必要なの？」

「お兄ちゃんが病気なの」

「そう、お兄さんが……残念だけど、僕たちはこの町に来たばかりだから、お医者様も薬師《くすし》様も知らないんだよ」

「そう、なんだ……」

少女は、しょんぼりと頭を下げる。

「お兄さんは、どんな病気なの？」

ルーナが尋ねると、少女は泣きそうな顔で答えた。

「わかんないの。先週、漁から帰ったら、突然倒れちゃったの。それから何回も倒れるようになって、昨日からは起き上がれなくなった。だから、助けてくれる人を探そうって。でも、海沿いにはお医者さんも薬師《くすし》さんもいないの。町に行けばいるって知ってたから、ここに来た」

「そう……」

うなずいた後、ルーナはユアンとフレイルに目配せする。

病《やまい》に倒れたという少女の兄。その症状は、奇病として語られたものに酷似していた。

「ねぇ、海沿いでは、お兄さんと同じような人がいっぱいいるの？」

「うん。もう、これくらい倒れた」

そう言って少女は、両手を広げてみせる。数をきちんと知らない少女は、手指の数で表現したのだ。

「十人……近所の人ばかりなの？」

「違うよ。うちの近所で倒れたのは、お兄ちゃんだけ。倒れた人は、海沿いのあっちこっちにいるよ。でもね、昨日トム爺《じい》ちゃんが死んだんだって……お兄ちゃんも死んじゃうの？　どうしたらいいの？」

わんわんと泣き出した少女の頭を、ルーナは優しく撫でる。

「伝染病ならば、真っ先に家の者に感染しておかしくない。でもこの少女は問題なさそうだ。そうなると、別の原因があるのかもしれないな」

「僕もフレイルと同じ意見だよ」

（結局、話を聞いただけじゃ判断はできない。確かめるためにも、彼女のお兄さんに会わせてもらうのが一番かも……）

少女を慰《なぐさ》めながらルーナはそう判断し、フレイルとユアンに提案する。

「ねぇ、わたし、この子の家に行ってみようと思うんだけど」

「ルーナ⁉」

「病《やまい》だとしても、空気感染するようなものじゃないみたいだし、どちらにせよ海沿いの方には行く予定だったんだもの。それにこんな話を聞いたら放っておけないよ……」

危険かもしれないが、海沿いの方に行くこと自体は決まっていたことだ。

すると、ユアンは仕方ないと言わんばかりに息を吐き、うなずいた。

「わかった。行こう」

「よかった。ねぇ、あなたの名前はなんていうの？　わたしはルーナよ」

「ルーナ……お姉ちゃん？」

恥ずかしそうに名前を呼ぶ少女に、ルーナはキュンと胸を締め付けられる。

（やだ、ルーナお姉ちゃんだって！　うわーん、可愛いよぉ）

脳内では顔面崩壊しているのをおくびにも出さず、ルーナは笑みを浮かべる。

「それで、お名前は？」

「ドロシー」

「ドロシーちゃんかあ。とっても可愛いお名前ね」

「ママが付けてくれたの。パパもいつも可愛いって言ってくれた」

嬉しそうに語るドロシーに、ルーナはユアンやフレイルを指した。

「わたしと、このお兄ちゃんたち、海沿いの方に用事があるの。もしよかったら、ドロシーちゃんのおうちに寄らせてもらってもいいかしら？」

「ドロシーのおうちに？」

「ええ。ダメかな？」

「いいよ！」

ドロシーは嬉しそうに言うと、ルーナが差し出した手を握る。

「じゃあ、一緒にお話ししながら行きましょう」

「うん」

ルーナはドロシーと手を繋《つな》ぎ、海沿いに向けて歩き出したのだった。

†

メインストリートが途切れると、途端に家の数が減った。

道も舗装されたものではなく、運搬用の馬車がギリギリ通れるような道幅だ。

建物がぽつぽつとあるだけの道をしばらく進むと、前方に家屋がいくつか集まる集落が見えてきた。

「あと少しだよ」

ドロシーは、ルーナと繋《つな》いだ手をぶんぶんと振りながら教える。

どうやら、前方に見える集落が『海沿い』と呼ばれる地域のようだ。

「あのね、ドロシーのおうちはあっちなんだよ」

集落に入ると、ドロシーは自分の家の方向へとルーナを引っ張る。その時、目の前から歩いてきた人物がルーナに声をかけた。

「おい、あんたら！」

ルーナたちが足を止めると、ドロシーは嬉しそうにその人物に近寄っていった。

「ボブおじさん！」

ボブと呼ばれた男は、駆け寄ったドロシーを抱きしめると、厳しい目をルーナたちに向ける。

がっしりとした筋肉質の体躯《たいく》に無精髭《ぶしょうひげ》。ボブは一見すると荒くれ者といった風貌だ。しかし、ドロシーに向ける優しい顔を見れば、その心根が悪いものではないとわかる。

「あんたら、この子を連れ回してどういうつもりだ？」

「連れ回す……？」

驚くルーナを、男はじろじろ眺めた。それは、どういった人間かを探るような眼差しだ。

「あの、誤解があるようですが……」

ユアンは一歩前に出ると、人好きのする笑顔を見せる。

「誤解だと？」

「はい。町でこの子と会いまして、僕たちもこちらに用があったので、一緒に来たのです」

「町、だと？　おい、ドロシー、おまえ町に行ったのか？」

ボブの厳しい声音に、ドロシーは半泣きになってうなずいた。

「だって、だって、お兄ちゃんが死んじゃうかもって……町なら助けてくれる人がいるって思ったんだもん」

うえーんと泣き出したドロシーに、強く言ってしまったことを後悔するように、ボブは頭を掻いた。

「はぁ。話はわかった。どうやら、あんたたちの言う通りみたいだな。悪かった」

「わかっていただければそれで」

「で、あんたらが医者ってことはないよな」

「残念ながら、僕たちは医者ではありません。もちろん、薬師《くすし》でも」

「そうか……」

もともと期待していなかったのだろうが、それでも残念そうにボブは肩を落とした。

ルーナは、そんなボブに思い切って声をかける。

「あの、病《やまい》が流行《はや》っているとお聞きしたのですが……」

「あ？　どっからそれを……」

「えっと、ドロシーちゃんと雑貨屋の女将《おかみ》さんです」

ルーナが正直に答えると、ボブは「はぁ」とため息を零《こぼ》す。

「あのお節介な女将《おかみ》か。確かに奇病で倒れる者はいるが、伝染病じゃないぞ」

ボブは、釘を刺すように睨《にら》み付けながら言った。

伝染病が広まっていると公《おおやけ》になれば、問答無用でその地域が焼き払われるなど、恐ろしい措置が取られる可能性がある。

ボブが慎重になるのも、致し方ないことだった。

「でも、何人かに同じ症状が出ているんだよな」

フレイルが指摘すると、ボブは忌々《いまいま》しそうに舌打ちする。

「確かにそうだが……伝染病なら、家族全員に症状が出てもおかしくないだろうが！　だが、そんな家は今まで一軒たりともないんだ」

「なるほど……」

フレイルはボブの言葉に、ただうなずいた。

肯定もしないが、否定もしない彼の態度に、ボブも思うところがあったのだろう。幾分《いくぶん》落ち着いた様子で告げた。

「奇病が発症した奴らの家は、全員そこそこの距離がある。皆、顔見知りではあるが、奇病に倒れた者の多くは、お互いしばらく会っていなかった。伝染病のわけがないってことは、学のない俺にだってわかる」

「年齢や性別など、何か共通点などはないのですか？」

「いや、年齢はまちまちだ。ただ子供はいない。あと性別は男だけだな」

「男性だけ……それもおかしいですね」

ユアンの言葉に、ボブは我が意を得たとばかりにうなずく。

空気感染するような伝染病であれば、当然近くの者から感染していくはずだ。それに、病《やまい》が性別を判別して感染するなどまずあり得ない。
二、三人ならともかく、十人以上の患者すべてが男性というのは、おかしな数字だった。
「これ、伝染病の疑いは低いんじゃないかな」

ルーナは、小さな声でフレイルとユアンに告げる。

「ああ。……やっぱり患者に直接会った方がいいな」

「だよね」

三人が小声で話し合っていると、ボブが思い出したように声をかけてきた。

「ところであんたたちは、ここにいったいどんな用があったんだ？」

「人を探しているんです」

「人？」

代表して答えたユアンに、ボブは訝《いぶか》しげな様子で訊き返す。

「そうです。二十代の男性で、名をケネス。心当たりはありませんか？」

「ケネス？　二十代のケネスっていやぁ、一人しかいねえぞ」

「え!?」

驚くユアンに、ボブは隣に立つドロシーを指差した。

「ケネスは、このドロシーの兄貴だ」

「ドロシーちゃんのお兄さん……？」

「うん、お兄ちゃんの名前はケネスだよ！」

ルーナの問いに、ドロシーは元気よく答える。

三人が探していた人物は、謎の奇病に侵《おか》されている患者のようだ。

三人は顔を見合わせると、ドロシーに尋ねる。

「お兄さんに会わせてもらえるよう、お父さんとお母さんに聞いてもらえないかな？」

「パパとママ……？」

ドロシーはつぶやいた後、伺いを立てるようにボブを見た。

そんな仕草を、ルーナたちが不思議に思っていると、ボブが口を開いた。

「ドロシーの両親は、三年前に死んだ。それ以来、ケネスが親代わりになってこの子を育ててきたんだ。その兄のためだから、ドロシーも必死だったんだろうよ」

「そんな……」

知らされた事実に、ルーナたちは息を呑む。

パパ、ママと嬉しそうに語っていたため、まさかその両親がすでに亡くなっているとは思いもしなかったのだ。

ドロシーの両親は他界し、残る家族は兄一人。

そんな兄の生命の危機となれば、少女が冷たい仕打ちを受けるとわかっていても、助けを呼ぶために町へ向かうのも理解できた。

ルーナはドロシーに近づくと、身を屈めて彼女と視線を合わせる。

「あのね、お姉ちゃんたちはお医者様や薬師《くすし》様ではないの。でも、少しだけ魔法が使えるから、お兄さんに会わせてくれないかな？」

「あんたら、貴族か……」

ボブは信じられないとでも言うように、目を見開いた。

魔力はあっても、魔法が使えるほどの魔力量を持つ者は少ない。しかも、そういった者の多くは貴族だ。

キルスーナ公国は、もともと魔法を扱えるエアデルト王族の血筋なだけあり、他の小国に比べれば貴族に魔力持ちが生まれる確率は高い。

そういう事情もあり、一般庶民の中には「魔法使いは貴族」という認識が根付いている。

「他国の、ですけど」

ユアンは、どこの国かは触れずに告げる。

ボブは、ルーナたちの様子から教養のある人間だということは察していたため、貴族であると暗に示されて納得する。

「あんたらみたいな貴族が、なんで俺たちみたいなのを助けようとする？」

警戒心も露《あら》わに、ボブはルーナたちへ問いかける。

「俺たちは、ケネスに用がある。訊きたいことがあるんだ。そのためにできることがあればやると言っているだけだ」

フレイルはあえて、自分たちはケネスを助けることが目的であり、この集落自体に興味はないという言い方をした。

この集落に住むボブにとっては、不快に思う発言だろう。

しかし、用件が何かは知らないが、彼らがケネスへ魔法治療を施《ほどこ》す理由としては理解はできる。

ボブは、彼の判断を待つドロシーの頭を撫でた。

「ドロシー、この人たちに兄ちゃんを診てもらうといい」

「うん」

ボブの後押しもあり、ドロシーはコクンとうなずいた。

「こっちだよ」

さっそく案内を再開するべく、ドロシーは先ほどのようにルーナの手を取る。

彼女に引っ張られるまま歩き出したルーナたちの後ろには、ボブの姿もあった。どうやら、ついてくるようだ。

古ぼけた粗末な家々が連《つら》なる細い道を、ルーナたちは進んで行く。宿があるメインストリートの家々と比べると、ずいぶん寂《さび》れた印象だ。

しばらく進むと、ようやくドロシーの足が止まった。どうやらここが彼女の家らしい。他の家と同じく、古ぼけた質素な家だった。

ドロシーがドアを開けると、蝶番《ちょうつがい》が錆《さ》びているのか、ギギィと嫌な音を立てる。建て付けも悪いようで、ドロシーは身体全体で押すようにしてドアを開けた。

「ただいまぁ」

声をかけて中に入ると、ドロシーはルーナたちのためにドアを押さえる。

「ありがとう。お邪魔します」

中に入ると、四人掛けのテーブルと椅子があった。右奥に水場と作業台があることから、キッチンダイニングのようだ。

ドアの正面に廊下があり、左右に部屋があるのが見える。

「お兄ちゃんは、こっちだよ」

ドロシーに案内されるまま、ルーナたちは廊下に進み、左側の部屋の前に立った。

さほど広くない廊下のため、ルーナとユアン、そしてフレイルとボブが立つと、かなり窮屈になる。

「お兄ちゃん、入るね」

ドロシーは、中に声をかけると、ゆっくりとドアを開いた。

そこは小さな寝室で、奥の窓際にベッドが置かれていた。他には小さな箪笥《タンス》と、背もたれのない椅子がベッド脇に置かれているだけの、殺風景な部屋だ。

ルーナは、ドロシーに勧められてベッド脇の椅子に腰かける。ドロシーはベッドの端に座り、兄の手を握った。

ユアンとフレイルは邪魔にならないよう、少し離れた場所に立ち、ボブは開けたままのドアに凭《もた》れかかっている。

「お兄ちゃん、治せる？」

ドロシーは、心配そうにルーナに尋ねた。

「わからないけど、診てみるね」

がっかりさせるのは心苦しいが、適当なことは言えない。

ルーナは、小さく深呼吸すると、ベッドに向き直った。

眠っているのは、二十代になったばかりであろう青年である。ドロシーと同じ茶色の髪は、くるんとした短い巻き毛だ。

目を閉じているため、瞳の色はわからないが、茶色であるならばユーリスの言っていた特徴にピタリと当てはまる。

意識をなくして栄養が十分とれないせいか、顔色が悪く、肌もかさついている。

ルーナは立ち上がると、右手を寝ている青年――ケネスの額《ひたい》に翳《かざ》す。そしておもむろに、魔法語《マジックスペル》を唱えた。

彼女が行使した魔法は、白魔法の〈診察〉だ。

身体の異常を探り、その箇所を探し出すものである。

ルーナの翳《かざ》した手が光を帯びたのを見て、ドロシーとボブが息を呑んだ。一般庶民の彼らが、魔法を目《ま》の当《あ》たりにすることなど皆無である。初めての光景に目が釘付けになっていた。

ルーナは、ゆっくりとケネスの全身に手を翳《かざ》していく。頭から足下へ、足下からまた頭へ。

くまなく全身を調べた後、ルーナの手から光が消える。ふっと息を吐いたルーナは、力が抜けたように椅子に腰を下ろした。

しっかりと魔力を行き渡らせ、異常を調べる魔法は、想像以上に疲労を伴うものなのだ。

「どうだ？」

フレイルが横に来て尋ねる。

ルーナは、難しい顔でそれに答えた。

「……異常はないの。治癒が必要な箇所は、身体のどこにもない」

「どういうことだ!?」

ボブが思わずと言った様子で口を挟む。しかしルーナは、それにただ首を横に振るしかできなかった。

人は、魔法を行使するまでの力はなくとも、必ず魔力を有している。身体が病《やまい》に侵《おか》されたり、怪我をしたりすると、魔力の流れがそこで滞《とどこお》るのだ。

〈診察〉という魔法は、それを感知することによって、治癒する箇所を見極める。

しかし、ルーナがケネスの全身を隈《くま》なく診ても、そんなところは見当たらなかった。

ルーナは、ポケットから金色の懐中時計を取り出す。そして、片手にそれを持ったまま、青年の手首を取った。

指を押し当て、懐中時計の秒針で脈拍を測る。それを終えると、同じように首元の脈を測り、呼吸音を確認した。

（脈は正常だし、熱もない。呼吸も安定してる。診る限り、この人に目立った異常はない。なのに何故昏睡状態になっているの……？）

ルーナは混乱しながらも、ドロシーに指示を出す。

「ドロシーちゃん、お兄ちゃんを呼んであげて」

意識はなくとも声は聞こえる、とはよく聞く話だ。

ドロシーの声で、ケネスの身体のどこかに反応が見られるかもしれない。そう思っての提案だった。

「お兄ちゃん、お兄ちゃん起きて」

一生懸命話しかけるドロシー。

その健気《けなげ》な様子に胸を痛めながらも、ルーナはケネスの様子に全神経を集中させた。しかし、望んだ反応は見られない。

ただ眠っているかのように、ケネスは目を閉じたままだ。

「お姉ちゃん、お兄ちゃん起きないよ」

しょんぼりするドロシーに、ルーナは眉を下げる。

ケネスが目的の人物であるのを別にしても、助けられるならば助けてあげたい。しかし、問題のない人間に治癒魔法をかけても、せいぜい体力を回復させるくらいだ。

「……ごめんね。お姉ちゃんの魔法は効かなかったみたいなの」

「ううん、お姉ちゃんありがとう」

無理して首を振るドロシーに、皆が胸を打たれる。

「ルーナ、何か異常はなかったのか？」

「フレイ……さっきも言ったけど、身体的な異常は見られないの。もちろん衰弱してはいる。でも、その原因はわからない」

「そうか。これは一度、リュシオンたちとも話した方がいいな」

「わたしも、そう思う」

そう言った後、ルーナは念のためにと治癒魔法をケネスにかける。自己治癒力を高めるものの、衰弱した身体にも効くはずだ。

魔法語《マジックスペル》を唱えると、ケネスの身体が一瞬光に包まれる。それでも意識がないままの彼だが、変化はあった。

意識をなくす前から度々倒れていたせいか、色つやの悪い青ざめた肌。それが、治癒魔法によって改善されている。

ルーナはケネスの状態を確認した後、ドロシーに向き直った。

「ドロシーちゃん、明日もう一度来てもいい？」

「うん。そしたらお兄ちゃんは治る？」

「ごめんなさい、それはわからない……でも、お姉ちゃんも頑張ってみるから」

ルーナの一生懸命さが伝わったのか、ドロシーはコクンとうなずいた。

ルーナは椅子から立ち上がると、様子を見ていたボブに話しかけた。

「ボブさん。もしよろしければ、他の患者さんにも会わせていただけませんか？　あまりお力にはなれませんが、体力を回復させることはできると思います」

ルーナの言葉に、ボブは眠ったままのケネスをチラリと見る。

彼が目覚めなかったことで、魔法が効かなかったのはボブにもわかった。

しかし、ルーナがかけた治癒魔法によって、衰弱していたケネスの顔色が良くなったのも事実だ。

彼より先に倒れた者の中には、さらに状態の悪い者もいる。

たとえ完治せず、体力が回復するだけだとしても、生き延びる確率が上がるなら断る道理はなかった。

「わかった。案内する」

ルーナの提案に、ボブはすぐさま応える。

「ドロシーちゃん、また明日ね」

「うん。待ってるね」

ルーナはドロシーに挨拶《あいさつ》すると、彼女の家を出た。そして、ボブに案内されて、他の患者の家に向かう。

そうして、ルーナたちはすべての患者に衰弱緩和の治癒魔法をかけ終えた。

十数人の患者に魔法をかけ、それでも魔力の尽きないルーナは、長年の付き合いのあるフレイルたちから見ても、さすがとしか言いようがない。

最初、患者の家族はうさんくさいものを見るような態度だったが、明らかに肌つやの良くなった患者を前に、治療の後には皆が感謝を述べていた。

その帰り道、何かを考え込んでいたルーナが、おもむろに口を開く。

「やっぱりおかしいよね……」

「ルーナ？」

「だって、病気だったら絶対に悪いところが見つかるはずでしょ？　まったく問題ないなんて、そんなことあるのかな……」

「確かにな。〈診察〉で見つからない不調というのが、不気味だな……」

ルーナの言葉に、フレイルも考え込む。

ユアンは、患者の様子を思い浮かべながらつぶやいた。

「やっぱり、毒とか？」

「毒……」

病気でなければ、毒によるものと考えるのが妥当だ。

しかし、ルーナにはなんとなくそれがピンとこなかった。

「うーん……毒だとしても、どこかに不調は出るよね？」

神経に作用する毒や、臓器に影響を及ぼす毒——そもそもが人体にダメージを与えるものなのだから、当然どこかに不調を来《きた》す。

それがない時点で、毒と考えるのも難しい。

「でも、ああして意識不明になってるのは事実だし、何かが起こっているのは間違いないんだけど……」

ルーナの言葉に、フレイルとユアンも大きくうなずく。

「とりあえず、明日、もう一度来て調べよう。時間を置けばケネスにも何か変化があるかもしれないし」

「うん、フレイルの言う通りだね。とりあえず空気感染はしなさそうだし、リュシオンやカインにも一緒に来てもらおう。彼らなら、何か気がつくかも」

「そうだね」

ルーナは、すでに遠くなった集落を振り返る。

手がかりを知る青年を探しに来た場所で流行《はや》る、謎の病《やまい》。

繋《つな》がるはずのない――偶然のはずなのだが、得体の知れない恐怖がルーナを苛《さいな》む。

（本当に、何事もなければいいけど……）

ルーナは根拠のない不安を誤魔化すように、頭を振って思考を切り替えるのだった。

第二章　海沿いの集落

翌日、ルーナたちは、リュシオンとカインを連れて、再び海沿いの集落を訪れていた。

「おお、よくぞいらっしゃった」

町で借りた幌馬車《ほろばしゃ》で訪れた五人を、数人の住人が出迎える。

昨日の態度とは打って変わり、友好的なものだった。その中には、昨日一緒に患者のところを回ったボブもいる。

首を傾げるルーナに、ボブが笑顔で言った。

「ルーナお嬢ちゃんのおかげで、寝込んでいた皆、いつもより調子が良さそうなんだ。治ったわけじゃないが、これならすぐさま死ぬようなことはない。それだけでも俺たちにはありがたい」

意識が戻らない状態になれば、家族は緩《ゆる》やかな死までをただ見守るしかない。だが、ルーナが魔法をかけたことで、今日明日かという不安が少しでも和《やわ》らいだのだ。

「そうですか……本当は、もっとなんとかしたいのですが……」

ルーナは悔しそうに唇を噛む。そんな彼女に、ボブは頭を下げた。

「ありがとうな、お嬢ちゃん」

「あの、今日も後で患者さんのところに寄らせてもらってもいいですか？」

「もちろんだ。見舞ってくれたら皆喜ぶ」

ルーナの提案に、ボブだけでなく、その場にいた全員が快諾する。

「では、最初にドロシーちゃんのおうちに伺いますね」

「ここに馬車を停めさせてもらっていいだろうか？」

リュシオンが尋ねると、住人の一人が大きくうなずいた。

「もちろんだ。悪さされないように見張っとくから、安心してくれ！」

「ありがとうございます」

微笑んで礼を述べるリュシオンたちに、住人たちはポカンと口を開ける。

何しろ、タイプの違う美形が勢揃いしているのだ。着るものは質素だが、滲《にじ》み出る上品さは隠せない。

同性であろうと、見惚れてしまうのは無理もなかった。

しかし住人たちは、いくら美人とはいえ、同性に見惚れてしまったことに恥ずかしさを覚えていた。

「じゃ、じゃあ、早くドロシーのところに行くといい。待ってるからな」

「そうだな」

「馬車は任せてくれ」

口々に先を促《うなが》す彼らに、ルーナはキョトンとしながらもうなずいたのだった。

ドロシーの家の前。

玄関に立つのは、ルーナとリュシオン、そしてカインの三人だ。

フレイルとユアンは、情報を集めるために別行動を取っている。

ルーナが扉を叩くと、待っていたかのようにそれが開いた。

「ルーナお姉ちゃん！」

「ドロシーちゃん、約束通り来たよ」

「うん！　ドロシー待ってたよ」

「このお兄ちゃんたちは、わたしのお友達なの。一緒に入っていいかな？」

リュシオンとカインをルーナが示すと、ドロシーは二人を見て動きを止める。

「……王子様？」

「え⁉」

ドロシーのつぶやきに、ルーナは顔を引《ひ》き攣《つ》らせる。

(なぜ、バレたし⁉)

そんな彼女の驚きをよそに、ドロシーはリュシオンとカインの腕を掴んだ。

「お兄ちゃんたち、王子様みたい！」

(……みたい。みたいか……)

自身の勘違いに気づき、ルーナはホッと安堵の息をつく。一方、リュシオンとカインも、引《ひ》き攣《つ》った笑顔を見せていた。

(みたいじゃなくて、本物の王子様だもんね)

ルーナはふと悪戯心《いたずらごころ》が湧き、ドロシーに尋ねてみる。

「昨日のお兄ちゃんたちは、王子様じゃないの?」

「あのお兄ちゃんたちは、騎士様だもん」

(す、鋭い……)

ドロシーの答えに、三人は内心冷や汗をかいた。

魔法師団に所属するフレイルとユアンは、魔法騎士という扱いなのだ。ドロシーの『騎士様』は、まさに正解と言える。

「えっと、あ、そうだ。これはドロシーちゃんに」

話を逸らすようにルーナはそう言い、手に持っていたバスケットを差し出す。

「わぁ、なぁに?」

ドロシーは小さなバスケットを受け取ると、さっそく被せてあった布をめくる。その下にクッキーがあるのを見つけ、また可愛らしい歓声をあげた。クッキーは、あの雑貨屋で購入してきたものだ。

「ありがとう、お姉ちゃん!」

「喜んでもらえて嬉しいわ」

ルーナはお姉さんらしく言うと、ドロシーの頭を撫でる。

(はぁ、可愛い。癒《いや》される……)

モフモフだけではない、幼女の可愛さも正義だ。そんなことをルーナは心の中で力説するのだった。


ドロシーに案内され、ルーナたちはケネスが眠る部屋に向かう。

といっても小さな家だ。ほんの僅《わず》かな時間で、ケネスの部屋に辿り着いた。

「お兄ちゃん、ルーナお姉ちゃんがまた来てくれたよ」

ドロシーは、兄が眠るベッドに近づくと、反応のない手を握る。

「昨日ね、お姉ちゃんが魔法をかけてくれたでしょ。だからかな？　今日はお兄ちゃん、調子が良さそうなの」

ドロシーは、兄の手を握りながら、嬉しそうにルーナを見た。

彼女は、日本であればまだ小学生くらいの少女である。

しかし、両親はすでに亡く、兄と二人暮らし。その兄が病《やまい》に倒れてしまえば、面倒を見てくれる身内がいなくなる。

もちろん近所の者が彼女を気にかけ、助けてくれるだろう。

それでも大半のことは、この幼い少女が自分でやらなければならないのだ。

(わたしが千幸だった時は、兄さえいない天涯孤独の身だったけど、施設で面倒を見てもらえた。ちゃんと導いてくれる大人がいて、子供らしく遊ぶこともできた。家族と一緒に自分の家で暮らせる子たちを羨《うらや》んだけど、ドロシーちゃんに比べたらすごく恵まれてたのかも)

千幸だった頃を思いながら、ルーナはドロシーの傍に近寄った。

「ドロシーちゃん、ちょっとお願いを聞いてもらえないかな？」

「なぁに？」

「今日はわたしの大事な子たちを連れて来てるんだけど……」

「大事な子？　お姉ちゃん、子供がいるの？」

ルーナの言葉に、ドロシーは驚いたとばかりに目を見開く。

クレセニアでは、幼い子供の結婚は許されていない。だが、小国のさらに地方では、女児の結婚年齢が驚くほど低いところもある。

そう考えれば、ルーナの年齢で子持ちというのも、あり得ない話ではない。

とはいえ、ルーナに子供はいない。大事な子というのは、シリウスとレグルスのことだ。

一般的な『ペット』という言葉を使用したくないがため、そうした言い方になったのである。

「え、ち、違うよ！　いるわけないって」

焦るルーナに、リュシオンとカインが堪《こら》えきれずクッと喉の奥で笑う。

だが今度は、そんな二人にドロシーの爆弾が投下された。

「なんだ。お兄ちゃんのどっちかが旦那様かと思ったのにな」

「「ええっ⁉」」

三人が同時に声をあげるのを見て、ドロシーは不思議そうに目を丸くした。

微妙な空気が流れる中、ルーナは咳払いをしてドロシーに向き直った。

「大事な子っていうのは、この子のことなの」

そう言ってルーナは、カインが持っていたバスケットを受け取る。蓋を開いて片手で取り出したのは、子猫姿のレグルスだ。

「この子の名前は、レグルス。れぐちゃんって呼んであげてね」

「わぁ、可愛い！　すごい、可愛い！」

ぴょんぴょんと跳びはね、ドロシーはレグルスを見て目を輝かせる。

ルーナはドロシーの前にしゃがみ込むと、彼女の手にレグルスを渡した。

「お願いというのは、少しの間、この子の面倒を見ていてほしいってことなの」

「面倒？」

「そう。ここにミルクを持ってきたから、この子にあげてくれないかな？　もちろんドロシーちゃんも飲んでいいんだよ」

雑貨屋で買ったミルク瓶とクッキーを見せて、ルーナはドロシーに告げる。

「わかった。ドロシー、ちゃんと面倒みてあげる！」

「ありがとう。お姉ちゃんは昨日みたいにお兄ちゃんの看病をするから、ドロシーちゃんはキッチンでレグルスとクッキーを食べていてね。その後はレグルスにドロシーちゃんのお部屋を見せてあげてくれないかしら？」

「うん、いいよ。ドロシー、れぐちゃんとおやつ食べる。あと、お部屋もみせてあげる。ママにもらった猫さんのぬいぐるみがあるのよ」

「いいわね。きっとレグルスが喜ぶと思うわ！」

「じゃあ、れぐちゃん、ドロシーお姉ちゃんと一緒に行こうね！」

ドロシーはおしゃまに言うと、レグルスを抱いて部屋を出ていく。

足音が遠ざかると、カインの持つバスケットから、今度はシリウスが飛び出した。

レグルスがドロシーの気を引く役目をするようにと決まっていたのだ。

「彼がケネスか」

眠る青年を無遠慮に見下ろし、リュシオンがつぶやく。

「うん。魔法で調べてみたけど、なんの異常もないの。もちろん意識不明のせいで、身体が弱っているっていうのはあるけど」

「確かに、熱などもないですね」

カインは、ケネスの首筋に手を触れる。

昨日、ルーナが治癒魔法を施《ほどこ》したせいもあり顔色は良い。見た感じは、本当に眠っているだけとしか思えない。

「ルーナが言っていたように、たとえ毒であっても、何かしらの不調はあるはずだ」

「ですよね。毒の症状は色々ありますが、ルーナの〈診察〉で、まったく異常が見られないというのはおかしいです」

「原因がわからないと、どうにもならないのかな……」

ルーナは、ケネスの寝顔を見ながら途方に暮れる。

自分たちが神宝を手にするためには、ケネスが必要だ。だがルーナは、それを置いても、幼いドロシーのたった一人の家族を助けてあげたかった。

(何か……何か方法は……)

そんな時、ふわりと室内に風が吹いた。

(風?)

窓が閉められているにもかかわらず、ルーナの横を通り抜ける風。その不思議に驚くより早く、ルーナは目の前の光景に目を瞠《みは》った。

風が吹いた瞬間、ケネスを見つめていた彼女の目に、確かに映ったものがあった。

それは、彼が吐き出した息。

一瞬……ほんの一瞬の出来事だったが、ルーナはしっかりと目撃した。ケネスが、呼吸と一緒に黒い靄《もや》を吐き出すのを。

「リュー、カイン!」

「どうした?」

「ルーナ?」

ルーナの呼びかけに、二人は驚いたように応じる。

「今の、見てなかった?」

「は?」

「何をです?」

二人の返事に、ルーナは答えることなく考え込む。ルーナが見たものを彼らは目にしていないようだ。

(見間違い？　でも、確かに……)

黒い靄《もや》が見えたのは、ほんの一瞬のことだ。しかも、それを目撃したのはルーナだけ。リュシオンとカインは見ていないため、確信は持てなかった。

ルーナは、訝《いぶか》しむ二人へ口を開いた。

「一瞬――ほんの一瞬だったけど、彼から黒い靄《もや》が見えたの」

「黒い靄《もや》？」

そう聞いて、リュシオンは眉間に皺《しわ》を寄せる。

黒い靄《もや》。それで思い浮かぶのは、幾度《いくど》も対峙してきた魔物や魔族から発せられる瘴気《しょうき》だ。だが、ケネスは人間であり、魔物化しているわけでもない。

そんな彼と瘴気《しょうき》が結びつかず、リュシオンは首を傾げる。しかし、ルーナははっきりと告げた。

「そう、黒い靄《もや》。……あれは瘴気《しょうき》だった」

「まさか!?」

「本当に!?」

リュシオンとカインは、まじまじとケネスを見る。

「さっき、風が吹いたんだけど、それは気づいた？」

「風？」

「窓は閉まっていますし、僕は何も」

「そんな……」

風も、瘴気《しょうき》も、ルーナだけが感知したようだ。

ルーナは、二人の言葉で一気に自信をなくし、気のせいだったのだろうかと自問する。そんな三人に、シリウスが声をかけた。

「気のせいではないぞ。我も瘴気《しょうき》を感じた」

「しぃもか……」

リュシオンは、改めてケネスを見る。

ただ単に眠っているかのような青年。もし、彼から瘴気《しょうき》が漂《ただよ》っているとすれば、過去に何度か見た人の魔物化としか考えられない。

ケネスが魔物化しているのならば、それは彼の死を意味する。そうなった場合、幼いケネスの妹はいったいどうなるのか。

「彼は、魔物化していると？」

カインは、ケネスを見つめながらシリウスに尋ねた。

「魔物化はしていない。さすがにそうなれば、尋常ではない瘴気《しょうき》が身体から噴き出すだろう」

「確かにそうですね。魔物化した人は、とても人とは思えないような生き物に変質していましたし、身体中から瘴気《しょうき》を溢《あふ》れさせていました」

「ああ。ルーナとしぃが見たという瘴気《しょうき》がほんの少し、そして一瞬だけ垣間見えたということなら、魔物化とは明らかに違うな」

リュシオンがそう話している間も、口元に手をやり、じっと何かを考え込むルーナ。その時、ふと何かに気づいたようにつぶやいた。

「風姫さん……？」

ずっと姿を見せない、ルーナの契約精霊たち。

呼びかけても応えることなく、フレイルが自分の精霊に問いかけても、わからないと言われる――そんな状態が、ヴィントスから戻ったのち、ずっと続いていた。

けれど、先ほど一瞬感じた風。

ルーナは、その風になぜか風姫の気配を感じたのだった。

「風姫さんが教えてくれた？」

確信などない。だが、ルーナはそんな気がして仕方がなかった。

「ルーナ。風姫がどうしたんだ？　いたのか？」

リュシオンに尋ねられ、ルーナはフルフルと首を振った。

自分でも明確には説明できない。それでも彼女はたどたどしく説明する。

「一瞬風姫さんの気配を感じたの。気のせいかもしれないけど……」

「そうか……ならば風姫だったんじゃないか」

リュシオンは、ルーナの言葉を肯定する。

この上なくルーナを大事にしていた精霊たちの姿を、彼は間近で見ていた。だからこそ、風姫が彼女の傍を離れるのは、なんらかの意図、もしくは事情があるはず。

ルーナが風姫を感じたのならば、それは本当のことだと自然と思えた。

「うん、風姫さんが教えてくれたのかもしれない」

「きっとそうなんでしょう。傍にいなくとも、ルーナの手助けをしてくれていたのかもしれませんね」

「……きっとそうだね」

ルーナの言葉にカインはうなずくと、改めてケネスを見る。

「魔物化ではなく、瘴気《しょうき》を吐く。いったいこれは何を示しているんでしょう……」

「わからない。でも、瘴気《しょうき》が出ているのなら、不調の原因はそれってことになるのかな」

「おそらくな」

「では、他の者も瘴気《しょうき》のせいというわけですか……」

リュシオンとカインの意見を聞きながら、ルーナはシリウスに目を向けた。

「瘴気《しょうき》なら……しぃちゃん、浄化できる？」

「うむ。試してみよう」

シリウスはうなずくと、軽い跳躍でベッドに飛び上がる。

そして、ケネスの胸に乗ると、くわっと口を開けた。

瞬間、シリウスの身体が白く輝く。その光はケネスにも伝わり、彼の身体を包み込んだ。

しばらくすると、シリウスとケネスを包んでいた光が、ゆっくりと収束する。

ケネスが瘴気《しょうき》に侵《おか》されているのならば、シリウスの浄化によって瘴気《しょうき》は消し去られたはずだ。しかし、彼は目を覚まさない。

先ほどと同じく、眠っているかのように、ただ静かに呼吸を繰り返していた。

「浄化、したんだよな」

「もちろんだ」

リュシオンの言葉を、シリウスは即座に肯定する
ルーナたちも、シリウスが浄化を失敗したとは、欠片《かけら》も思っていなかった。しかし、なんらかの目に見える変化を期待したがために、肩透かしを食らったのは確かである。

ルーナが見たのは、間違いなく瘴気《しょうき》だった。それが、ケネスの口から吐き出されたのだから、彼の中に瘴気《しょうき》があるのは確実だ。

そのケネスを今、シリウスが浄化した。神獣であるシリウスの力は絶対だ。ケネスの瘴気《しょうき》は、それで霧散《むさん》しなければおかしい。

一連の流れを見たリュシオンは、考え込みながらつぶやいた。

「考えられるのは、二つ。一つは、瘴気《しょうき》自体がなかったというもの。そしてもう一つは、瘴気《しょうき》はあるものの外からの干渉ができず、それ自体の宿主への影響も少ない、ある種結界のようなものに覆われているというものだ。俺は後者だと思うが、どうだ？」

「僕もリュシオンに同意です。そうですね、結界と考えれば、この不自然な状況も納得できる気がします」

リュシオンとカインの見解に、ルーナはハッと息を呑んだ。

結界。

日本人としての記憶があるルーナは、それを聞いて薬のカプセルを思い浮かべる。絶対に溶けないカプセルに、毒を入れて呑み込めばどうなるか。

胃酸でも溶けないのならば、当然毒が溶け出すことなくカプセルごと排泄《はいせつ》されるはずだ。

カプセルが結界であり、体内に留《とど》まり続けていると考えれば、ケネスが瘴気《しょうき》を体内に取り入れているにもかかわらず、それに侵《おか》されていない理由がつく。

こうして不調が出ている点にしても、体内に結界という異物が入っていることによる反応、と考えれば不自然ではない。

また、結界が不完全で、瘴気《しょうき》が完全に閉じ込めきれていない可能性もある。

魔物化するような量ではないが、確実に不調を来《きた》す――そんな量が、結界から漏れている可能性だ。

なぜこんなことが起きているのかはわからない。だが、現状考えられるのはこの方法しかなかった。

ルーナは、率直に自分の考えを二人に伝える。

「――もし瘴気《しょうき》が少しずつ漏れているとしたら、時間が経てば経つほど、ケネスさんたちは危険な状態になるってことだよね」

「ああ。早く何とかしないと……」

リュシオンのつぶやきに、ルーナたちは黙り込む。

こうして意見は出ているが、すべては憶測にすぎない。

そんな中、シリウスが口を開く。

「ルーナ、今度は〈診察〉ではなく、〈魔法探知〉してみたらどうだ？」

「あっ」

シリウスの指摘に、ルーナは思わず声をあげた。

白魔法の〈診察〉は、身体の不調を探るもの。

一方、〈魔法探知〉は、かけられた魔法の魔力を探ることによって術者を特定し、どんな魔法が使用されたのかを調べるもの。

術者の特定については、その術者の技量が高ければ難しい場合がある。だが、今は、術者の特定が問題なのではない。

ケネスの中に、彼のものと違う魔力があるか、ないか。それが知れればいいのだ。

「やってみる！」

ルーナは、すぐさま目を閉じると、ケネスに向けて手を翳《かざ》す。そして、〈魔法探知〉のための魔法語《マジックスペル》を唱えた。

『ウル・セアン・ラド・フィル・エバン』

魔法語《マジックスペル》と共に、ルーナの右手が白く光る。

ルーナは、ゆっくりとケネスに向けた手を動かした。頭からゆっくり首、肩へ。〈診察〉と同じように、ケネスの身体を探る。

ルーナの手が、彼の左肩へ辿り着いた時、彼女はハッと息を呑んだ。

「この人のものじゃない魔力……見つけた」

ルーナはさらに慎重に、見つけた魔法を調べる。それによって、魔法の強さ——今回の場合は、結界の強度が把握できるのだ。

「だめ、とても穏便に壊すなんてできない」

探知の結果に、ルーナは顔を歪《ゆが》める。

結界を壊すためには、相当な力が必要だった。無理にそれを行えば、ケネス自身を攻撃することになる。

彼を蝕《むしば》む瘴気《しょうき》の結界を壊すために、彼自身を傷つけてしまっては本末転倒だ。

「でも、この結界から瘴気《しょうき》が漏れてるんだよね。放置は危険すぎるし……」

泣きそうなルーナに、リュシオンが尋ねる。

「ルーナ、それを覆うような結界を張れるか？」

「覆うような結界……わかった。やってみる」

リュシオンの提案に、ルーナは彼の意図を察し、すぐに魔法語《マジックスペル》を唱えた。

それは、強固な〈結界〉を作り出す魔法を行使するもの。

彼女の詠唱が終わると同時に、ケネスの肩の上に光でできた四角い箱が現れる。そしてそれは、収縮しながら、彼の肩に吸い込まれていった。

光が消えると、ルーナはふうっと息を吐く。

「どうだ？」

リュシオンの問いに、ルーナはコクリとうなずいた。

「うん、成功したよ。これでひとまず大丈夫だと思う」

「どういうことです？」

ルーナの答えに、カインは疑問を投げる。

リュシオンとは違い、そこまでの魔法知識を持たないカインには、ルーナがどんな魔法を使ったのかまでわからなかったのだ。

「あのね、調べたらケネスさんの身体の中に、確かに結界があったの。小さく強固なのが。そこから瘴気《しょうき》が漏れているみたいなんだけど、強引に壊すことはできなかった。だって、そうしたらケネスさん自身も傷ついてしまうから。だから、ひとまずその結界を、わたしが作った結界で封じ込めたの。わたしの結界も悪影響を与える可能性はあるけど、漏れ出す瘴気《しょうき》の方が危険だから……」

「なるほど。まずは瘴気《しょうき》の漏れを止めるのが最善というわけですね」

「うん。悔しいけど、今はそれが精一杯。でも、必ず助けるよ。ケネスさんも、他の人たちも」

同じような症状を訴えているのは、ケネスだけではない。

ルーナたちが情報を得るために必要としているのは確かにケネスだが、だからといって他の人は関係ないなどと素知らぬ顔をすることはできなかった。

「ルーナ、他の患者たちにも同じ処置を施《ほどこ》せるか？」

「うん。大丈夫だよ」

リュシオンの言葉に、ルーナはしっかりとうなずいてみせる。

（たくさん魔力があってよかったって、本当に思うよ）

〈魔法探知〉をした上で、結界を張り、さらに治癒魔法を何人もの患者に施《ほどこ》すのだ。普通の術者ならば、二、三人が限度である。

同じように強大な魔力を持つリュシオンだが、彼にはルーナほど精密な〈魔法探知〉が使えない。

そのため、今回はルーナ一人で頑張るしかなかった。

けれどルーナにしてみれば、誰かの助けとなれることに不満などない。

彼女のそんな姿勢が、人を惹き付けるのだと、本人だけは知らないのだった。


瘴気《しょうき》を覆う結界――その、まるで丸い珠のような形状から、ルーナはそれを『瘴気玉《しょうきだま》』と呼ぶことにした。

ケネスの瘴気玉《しょうきだま》を結界で覆い、彼自身の体力を魔法で回復させたところで、控えめなノックが部屋に響いた。

すぐにドアが開き、現れたのは予想通りドロシーだった。

その右手には、クタンとしたレグルスが抱きしめられている。

（あれは、相当お疲れかも……）

子猫姿といえども、いつも威厳に満ちた姿を崩さないレグルス。だが、所詮子猫は子猫である。

何をしても『可愛い』になるのは仕方がなかった。ドロシーにもたくさん可愛がられたのだろう。

とはいえ、ルーナ以外の前で、あのように無防備この上ない姿になることは滅多にない。

「ええと、ドロシーちゃん、れぐちゃんのお相手ありがとう」

「あのね、れぐちゃんとおやつを食べて、一緒に遊んだの」

「何をして遊んだの？」

「おままごと！」

ルーナの問いに、ドロシーは元気よく答える。

そして、レグルスを抱く手とは反対の手をルーナに差し出した。そこには、ルーナが持ってきたクッキーが入っていたバスケットがある。

ルーナが中を覗《のぞ》くと、色々な布が折り重なって入っていた。

「これは？」

「れぐちゃんの服よ！」

そう言ってドロシーは、レグルスの脇を持ってルーナに突き付けた。

だらんと無防備に垂れたレグルス。その腰には、可愛らしい花柄のスカートを穿《は》かされていた。

ちょうどドロシーの手に隠されていたため、ルーナがそれに気づいたのはたった今である。

「見て見て～！　れぐちゃんとっても可愛いでしょ？　お人形のスカートがすごく似合うの」

嬉しそうにレグルスを見せるドロシーとは反対に、レグルスの目は死んでいる。

（もうやめて～、れぐちゃんのライフはゼロよ！）

だが、ルーナの心の叫びは、ドロシーにはまったく届いていない。

「あのね、あとこっちのワンピースと、こっちのスカート、どっちが良いかお姉ちゃんに訊きにきたの。ねぇどっちが良いと思う？」

「え、えっと……こっちかな？」

「ピンクのスカートね！　ドロシーもそれがいいかなって思ってたの」

さっそく着替えさせようとするドロシーに抱かれたまま、レグルスは恨みがましい目をルーナに向けた。

（ごめん、だってあんな小さな子にダメなんて言えないよ……）

ルーナはジト目のレグルスへ、必死に心の中で謝罪する。

そんなやり取りの中、リュシオンが口元を手で隠しながら声をかけた。

「くくっ……んゞんっ、ドロシー、悪いが俺たちはそろそろ行かないといけないんだ」

隠しきれない笑いを咳払いで誤魔化すものの、まったく無意味である。

「そうなの？」

残念そうなドロシーに、今度はカインが声をかけた。

「ごめんね。他の人の様子も見ないといけないから」

「そうなんだ。じゃあ仕方ないね！」

ドロシーはすんなりとうなずくが、その聞き分けの良さが、ルーナたちの胸を打つ。

幼くして両親を亡くし、兄も病気で意識がない。にもかかわらず周囲に迷惑をかけまいとする幼子の姿に、何も思わないはずがなかった。

「また来るから、その時には遊ぼうね」

「うん！」

「今度は、可愛いワンコも連れて来てやるぞ」

リュシオンの言葉に、ドロシーはキラキラとした目でうなずいた。

一方、それをバスケットの中で聞いたシリウスは絶望の眼差しになり、レグルスは我関せずと目を逸らすのだった。

†

ドロシーの家を後にしたルーナたちは、ひとまず馬車まで戻ることにした。

次の患者のところへ行く前に、フレイルたちがいれば合流しようと思ったのだ。

「フレイ」

馬車まで戻ったルーナたちは、そこにフレイルの姿を見つける。しかし、ユアンの姿は見えなかった。

「ユアンはどうした？」

「もう来るかと」

リュシオンの問いにフレイルが答えたところで、タイミング良くユアンが戻ってきた。自分以外全員が揃っているのを見て、慌てて駆け寄ってくる。

「すみません、お待たせしましたか？」

「いや、今来たところだよ」

カインが答えると、ユアンはホッと胸を撫で下ろした。

「兄様、フレイと一緒に聞き込みしてたんじゃないの？」

「そうだよ。ただ少し気になることがあったから、フレイルには先に戻ってもらったんだ」

「気になること？」

「うん。それについては、皆にも後で話すよ」

ユアンはルーナとの話をいったん終わらせると、皆に向き直る。

「じゃあ、ルーナは他の患者を回るとして、カインとフレイルもついて行ってくれるか？　俺とユアンは、もう少しここら辺を見て回ろう。その時にそれぞれの情報を共有するか」

「了解です」

「わかりました」

カインとユアンが答え、フレイルは無言で首肯する。

リュシオンとユアンが歩き出したのと反対方向に、ルーナたちは患者のもとへ向かう。

道中、ルーナたちは魔法で周囲に会話が漏れないようにしながら、別行動中の情報交換をする。

「様々な人に話を聞いたが、やはり伝染病とは思えないな」

フレイルの言葉に、ルーナとカインも同意する。そして、ケネスの身に起きた出来事を語った。

「瘴気《しょうき》を封じ込めた結界か……」

「ただ、それが身体を瘴気《しょうき》から守るためなのか、目立たせないためなのかがわからないんだよね」

ルーナは、難しい表情で答える。彼女の言葉を後押しするように、カインが続けた。

「わかっているのは、瘴気《しょうき》を閉じ込めた結界があるというだけです。その結界にしても、僅《わず》かにも瘴気《しょうき》を漏らさない前提のものか、目的があってわざと瘴気《しょうき》が漏れるようにしていたか――それによって、意図は大きく変わります」

「少しずつ瘴気《しょうき》を漏らすようにしていたとしたら……それはもう兵器みたいなものだよな」

「うん。もし故意なら、魔物化するかはともかく、身体がおかしくなるのをわかってたってことだよ」

ルーナは、憤慨しながら言い放つ。

瘴気《しょうき》は、人にとっては毒と変わらないのだ。魔物化しないとしても、死ぬ可能性が高い。

「しかし、結界か……そうなると、魔法使いが絡んでいる可能性が高くなるな」

「それなんですよね」

フレイルの言葉に、カインは困惑して眉を下げた。

「ルーナが治癒魔法を使ったことにすら、驚くばかりの住人たちです。魔法には縁遠いと言っていいでしょう。そんな人々の中に、魔法を使う者がいれば当然目立ちますよね」

「たぶん、今頃リューたちがそれを確認してると思うけど、そんな人がいたら話に出てもおかしくないと思うんだよね」

カインに続き、ルーナが補足する。

「正確なことは、リュシオンやユアンの話を待ってだろうが……そういう人物が見つからないとすれば、おそらく魔道具《マジックツール》。しかも秘密裏《ひみつり》に行っているなら、悪意しかないだろ」

瘴気《しょうき》を覆う結界が善意によるものならば、隠す必要などない。

魔法使いならば、目立ちたくない等の理由が考えられる。瘴気《しょうき》に気づくとなると、ある程度の地位を持つ人物となるからだ。だが、このような辺境の町で人助けをしたとしても、言いふらさない限り、多少の口止めで終わるはずだ。何しろ、ここで話が広がろうとも、魔法使いが生活する場所にまで噂が届くのは難しいのだから。

仮に、魔法使いではなく、何らかの魔道具《マジックツール》を使用した一般人だとしても、同じく人助けを隠す必要はないはずだ。それに加え、どうやって瘴気《しょうき》のことを知ったのか疑問が残る。

そう考えると、そもそも最初から瘴気玉《しょうきだま》として、ケネスをはじめとする海沿いの住人に摂取させたという線が濃厚だろう。

「瘴気《しょうき》と結界を別々じゃなく、一つのもの――瘴気玉《しょうきだま》として体内に送り込めば、手っ取り早いよね。そうだとすれば、それをやった人物は……」

ルーナは閉じていた目を開き、カインとフレイルを見た。

瘴気《しょうき》は人にとっての毒。だが、魔族にとっては違う。

彼女たちは、魔族が瘴気《しょうき》を操《あやつ》ってきたのを何度も見ていた。時には人に瘴気《しょうき》を纏《まと》わせ、魔物化させたのも。

今回の件は、瘴気《しょうき》がごく僅《わず》かであり、人に対しての影響が少ない。結界で閉じ込めることで、僅《わず》かに漏れているものの、人体にそこまで害が及ばない程度に留《とど》まっている。

だから、瘴気《しょうき》を操《あやつ》れる者が魔族しかいないと知りつつも、その可能性を無意識に否定していたのだ。

しかし、あえて意図的に瘴気《しょうき》を僅《わず》かに漏らしているとすれば。

そしてそれが、魔族によるものであるとすれば。

「魔族……ですか」

カインの言葉に、ルーナはコクリとうなずいた。

「確信はないの。というか、今の状態で決めつけてしまうのは危険だと思う。でも、瘴気玉《しょうきだま》を作り出せるのは誰かって考えたら……魔族が関与している可能性は高いよね」

「ああ。だが、ここにいつも遭遇する魔族たちの気配はないが……」

フレイルは、険しい表情で周囲を見る。

魔族は人より身体能力も魔力も秀《ひい》でた、圧倒的な強者だ。そんな彼らを、一度は最果てまで追いやれたのは、人という種族の絶対数ゆえだった。

一対一では、勝ち目などあるはずもないが、一対千なら、万なら――そうやって、人は魔族に勝利したのだ。

ルーナたちが知る魔族は、バルナドとラウルと呼ばれた二人だけ。ネイディアを入れたとしても三人だ。

絶対に仲間がいないとは言い切れないが、何十人もいるということはないだろう。

「治療が終わったら、病《やまい》が流行《はや》り始めた時期にこの地域を訪れた人物を調べた方がいいな。そいつが魔族の可能性もある」

ルーナとカインは、暗澹《あんたん》たる思いでうなずく。

もともと魔族に対抗する手段を確保するため、この町を訪れた。

まだその手段――神宝を手に入れてはいないにもかかわらず、魔族と対峙する可能性があるのだ。

「覚悟は決めておいた方がいいですね」

カインのつぶやきは、ルーナとフレイルの心の内も同じだった。

†

治療を終え、ルーナたちはそれとなく住人たちに尋ねる。

最近、この集落を訪れた者、あるいは魔法使いを見たことがあるか。そして、不思議な道具を使う者を見てはいないかと。

しかし、それらの問いに、住人たちは揃って首を横に振る。

彼らに、隠し立てするような様子はなかった。つまり、本当に知らないのだ。

「ひとまず、リュシオンたちと合流しましょう」

「そうだな。こんなところで話し合うことではないし」

「うん」

三人が馬車に戻ると、リュシオンたちはすでに戻ってきていた。

「話は宿に戻ってからにしよう」

リュシオンの言葉に、全員がうなずく。

近くにいた住人には、また来るとだけ告げ、五人は海沿いの集落から去ったのだった。


宿に戻り、五人はさっそく円卓の部屋へと向かう。

従業員にも近づかないように言い置き、さらに魔法で防音も施《ほどこ》す。厳重すぎるかもしれないが、田舎《いなか》の宿だからこそ、少し聞く程度ならと興味本位で聞き耳を立てる者がいるのだ。

「やっぱり、患者全員の体内に瘴気《しょうき》を閉じ込めた結界があったよ。しかも、漏れてた」

ルーナが口火を切ると、皆が厳しい顔になる。

不調の原因が、僅《わず》かに漏れる瘴気《しょうき》のせいなのか、結界自体に何か悪い影響が出るようにしてあるのかはわからない。だが、全員の身体に瘴気玉《しょうきだま》があるのならば、今回の奇病の原因がそれなのは確かだ。

「ひとまず結界が上手くいったのなら、時間的猶予はありますね」

「だな。だが、早く解決するに越したことはないだろう」

リュシオンは、カインの意見にうなずきながら答える。

「結界の中身が瘴気《しょうき》ならば、強引に壊すのは危険すぎますよね。取り出すといっても、形あるものではないし、どうすれば良いか……」

途方に暮れたように、ユアンは眉を下げた。

体内にあるものであり、形のないもの。単純に吐き出させるといった手段は、今回の件では使えなかった。

また、結界の中の瘴気《しょうき》がどの程度のものかもわかっていない。人体に影響が出ないような、ほんの僅《わず》かな量であれば、危険を承知で無理に壊すことはできる。しかし、現状それを確認する術《すべ》がない。イチかバチかでそのような危険は冒せなかった。

皆が考え込む中、ルーナはふと思いついた疑問を口にする。

「そういえば、この瘴気玉《しょうきだま》って、どうやって体内に入れたんだろう……入れることができたなら、出すこともって考え方はできないかな？」

「入れる方法、か……」

リュシオンは、そうつぶやいてから続けた。

「魔法は、発動した時であれば目にすることができる。だがそれは、よほど魔法に長《た》けた者でなければ難しい。それに万が一認識できたとしても、瘴気玉《しょうきだま》に実体があるわけじゃないんだ。普通の毒などのように食事に混ぜるのは無理だろう。だとすると、本人も知らぬうちに、体内で瘴気《しょうき》を包んだ結界が構築されたと考えるのが妥当だな」

たとえば結界を構築し、それを体内に移動させる。力のある術者であればできるだろう。

ただ、数日も結界を維持し続けるためには、術者が近くにいる必要がある。

けれど、海沿いの集落に魔法使いがいないのは確かだ。もし、外から来た魔法使いが滞在していれば、この閉鎖的な集落ならすぐに噂が広まる。

つまり、これらの結界は、魔法使いが直接施《ほどこ》したものではないと考えられる。

ならば、魔法の使えない一般の人間が魔道具《マジックツール》などの媒介を使ったということか。

ただ実行犯でないにせよ、かなりの魔法の腕を持つ者が関わっている線が強い。

「術者らしき者がいないとなれば、結界の発動は魔道具《マジックツール》と考えるのが自然だろう。周囲に怪しまれないとなると……実行犯は集落の人間というわけか」

リュシオンの意見に、皆も同意する。

「魔道具《マジックツール》か……」

ふと、ユアンがつぶやく。

「ユアン？」

「リュシオン様、やはりあれは何か関係があるのでは……」

フレイルの呼びかけには応えず、ユアンはリュシオンへ視線を向けた。すると言いたいことに察しがついたのだろう。リュシオンが口を開く。

「ルーナが、他の患者を回っている時、俺とユアンは一緒に行動していただろう」

「そうだったね」

ルーナが肯定し、他の皆もうなずきで応える。

「あの時、ユアンと一緒にある場所に行っていた」

「ある場所、ですか？」

首を傾げるカインに、リュシオンは軽くうなずき、ユアンへ目配せした。それに応えて、ユアンが話し出す。

「もともとは、フレイルと一緒に住人に話を聞いていた時のことなんだ。フレイル、途中で、僕が別行動を取ったのを覚えてる？」

「ああ、確かちょっと気になることがあると言ってたな」

「そういえば、最初に合流する時、ユアンは少し遅れてきましたね」

ケネスの家に行った後、一度合流した時のことをルーナも思い出す。カインの言う通り、ユアンはフレイルとは別行動を取っていた。

「リュシオン殿下には、お話ししたんだけど……」

そう前置きして、ユアンは語り出した。


それは、彼がフレイルと共に、海沿いの住人に話を聞いている時のことだ。

ある家から数人の男性が一緒に出てくるのを、ユアンが見つけた。

一見すると普通の家だったため、複数の男性が出てくることに疑問を持ったのだ。

「あそこは？」

ユアンが尋ねると、話を聞いていた住人が教えてくれた。

「あれは、海沿い唯一の酒場さ。今の時間は食堂やってるけどな」

「なるほど、食堂兼酒場ですか……」

「ここには店がなくてな。ものを買うには、町に行くか、行商を待つしかない。だが、食堂と酒場だけは別だ」

すぐ近くに町があり、雑貨屋などの店がたくさんある。それでも、いつ来るかわからない行商を待つところに、この海沿いと町の確執が見えた。

「フレイル、少し話を聞いてみよう」

「わかった」

ユアンとフレイルは、話を聞いていた住人に礼を述べると、酒場と言われた家屋に入った。

看板もなく、普通の民家に見えた建物だが、中はいかにも酒場らしい雰囲気の内装である。

カウンターには、バーテン兼オーナーらしき男が立っており、いくつか椅子が並んでいた。狭い店内には、他にテーブル席が二つあるだけだ。

先ほど客らしき男たちが出ていったため、店内に他の客はいない。

「なんだ？」

男は、ギロリとユアンとフレイルを睨《にら》み付ける。

赤茶色の髪はボサボサで、頬と顎《あご》には無精髭《ぶしょうひげ》。その風貌に加え、笑みの一つもなかった。

客商売とは思えない愛想の悪さだが、閉鎖的な集落の酒場だ。知り合いしか来ないこともあり、これでも十分成り立つのだろう。

「こんにちは。少しお伺いしたいのですが」

ユアンが愛想良く声をかけるが、男の表情は硬く、眼差しはキツい。

「昨日、この辺りに魔法使いの女の子が来たのはご存じですか？」

「ああ、あの変な病気で倒れた奴らを治してくれるんだろ」

「体力の回復をはかっただけで、治してはいないんですけどね」

男の答えに、ユアンは苦笑する。

「治せねぇのかよ」

「まだなんとも。情報が少なすぎますので」

「それで、俺たちも、その件で情報を集めている」

ユアンに続いてフレイルが告げると、男は「ふうん」と興味がなさそうに相づちを打った。

二人は、男に構わずカウンターに近づくと、改めて尋ねる。

「患者に何か共通点などはありませんか？」

「はっ……共通点？　そりゃあ、この海沿いに住んでるってことだろうが。なんせ町には一人として病《やまい》を発症した奴はいないんだからな」

「なるほど。では、もっと狭い範囲では、共通点はありませんか？」

「強いて言やぁ、漁に出る奴らってことだな」

男の答えに、ユアンはフレイルと顔を見合わせた。

この海沿いの集落は、直接、間接を問わず、漁で生計を立てている者が多い。普段は網などの製造を請け負っているが、臨時で船に乗る者もいる。

つまり、この情報も海沿いに住む男たちの大半が当てはまるということになる。

「他に何か気になることなどはなかったか？　見慣れない者がここに来たとかでも」

「見慣れない者？　今来てるじゃねぇか」

フレイルの問いに、男はそう答えると、手で追い払う仕草をした。

「客じゃねぇなら、もう出てってくれよ。商売の邪魔だ」

「わかった、邪魔したな」

「ありがとうございました」

フレイルとユアンは、礼を言うと酒場を出た。

もうここは、海沿いの集落の端である。フレイルは、そこから先に建物がないのを確認すると、ユアンに声をかけた。

「ここで集落は終わりのようだし、一度戻るか」

「そうだね。でも僕は少し確認したいことがあるから、フレイルは先に戻っていてくれないかな？」

「確認？」

「うん。すぐに終わるから」

「わかった。じゃあ、俺は先に戻ってる」

フレイルがそう言って歩き始めると、ユアンは周囲を見回した後、先ほどの建物――酒場の横にある細い路地に向かった。

ゴミが散乱する薄汚い路地側には、酒場の押し出し窓がある。

ユアンは、そこらにあった木箱を動かすと、窓の下に置いた。すぐさま木箱に乗り、酒場の中を覗《のぞ》き込む。

ユアンがこんなことをするのには、理由があった。

ぶっきらぼうに対応する店主だったが、フレイルが見慣れない者と言った時、一瞬視線が動いたのだ。

その視線を辿ったユアンが見たのは、後ろの棚にあったペンだった。

正確には、「ペンらしきもの」である。ユアンの場所からは、形状しか確認できなかったためだ。

ペン自体は、一般にも普及しており、そう珍しいものではない。

だがそれは、商人など商《あきな》いをしている者の場合で、農民には縁のないものだ。そもそも、識字率の低い国では、庶民が羽根ペンすら持っていない。

小さくとも酒場を営《いとな》んでいる男がペンを持っている可能性はある。だが、『町』の雑貨屋で売っていたのは羽根ペン――つまり、この付近ではペンが一般的ではないと考えれば、逆に不自然だ。

しかも、ペンはシンプルだが装飾の施《ほどこ》された高価なものである。あの店主の持ち物というには、違和感がありすぎた。

(あの店主、間違いなく目線はあれに向かっていた)

人は隠したいものがあればあるほど、そちらが気になってしまう。

店主もあからさまではなかったが、間違いなくあのペンに目線が向いていた。

(ルーナほどじゃないけど……)

ユアンは心の中で独りごち、小さく魔法語《マジックスペル》を唱えた。

行使したのは、〈魔法探知〉。

対象は、棚に置かれたままのペンだ。手を触れた方が確実だが、この程度の距離ならば問題ない。

ユアンの魔法が発動すると、ペンが一瞬光る。

その視覚効果に焦るものの、店主は後ろを向いていて気づく様子はなかった。

「――ッ！」

僅《わず》かに反応した魔力に、ユアンは息を呑む。

〈魔法探知〉に引っかかるということは、ペンに魔法がかかっている――つまり、あのペンが魔道具《マジックツール》だと示していた。

（怪しすぎるよ）

ユアンは、店主の背中を睨《にら》み付ける。

一般的に普及した魔道具《マジックツール》もあるとはいえ、それはクレセニアのような大国の場合だ。

キルスーナ公国の、最果てとも言える場所にある田舎町《いなかまち》では、コンロ型の魔道具《マジックツール》すら珍しい。なおさら、このような珍しい魔道具《マジックツール》が簡単に手に入るはずがなかった。

とはいえ、実はあの男が貴族の系譜の者であるなど、魔道具《マジックツール》を持っていてもおかしくない場合もある。

また、貴族が自衛のために攻撃魔法を込めた護符で、それを譲られたかもしれない。

とにかく、様々な理由が考えられる今の時点で、ユアンが確認できたのは、男が怪しいということ。

そして、あのペンらしきものが、ただのペンではなさそうということの二つだった。

（ちゃんと調べる必要があるね）

ユアンは静かにその場を去ると、合流場所に戻ったのだった。


「――というわけで、あのペンみたいな魔道具《マジックツール》。あれが怪しいと僕は思うんだよね」

「ユアンの話を聞いて、二人で酒場に行ってみたが、店は閉まっていて確認できなかったんだ」

「そうなると、酒場にもう一度行く必要があるってことかな？」

ルーナがつぶやくと、皆がうなずく。

「今夜行ってみるか……」

「今夜ですか？」

カインは、リュシオンの言葉に目を見開いた。

先ほど海沿いの集落から帰ってきたばかりで、今夜またすぐ向かうとは思わなかったのだ。

「ああ。こちらの動きに何も気づいていないならいいが、警戒して逃げ出す可能性もあるからな。早い方がいいだろう」

「なるほど。では、夜に行きましょう。ちなみに、全員ではありませんよね」

「ああ。俺とユアン、フレイルの三人で行こうと思う。カインはルーナと残ってほしい」

「まあ、それが無難ですね」

一般的に、酒場というのは女性が訪れる場所ではない。ルーナを連れて行くのは問題外だ。

また、宿にいるとはいえ、彼女一人を残すのは防犯上の不安があるため、誰かが傍にいる必要がある。

（わかるけど、ちょっと酒場とか見てみたかったな……）

今世のルーナは、生粋《きっすい》のお嬢様である。

間違っても庶民の酒場になど行けるはずもなかった。

（まぁ、酔っ払いに絡まれたいわけじゃないし、今夜は大人しくしてよ）

そんなことを思いながら、ルーナはリュシオンの言葉に了承したのだった。

†

その日の夜。

ルーナとカインを除いた三人は、再び海沿いの集落まで来ていた。

時刻としては、さほど遅い時間ではない。

しかし、王都の夜などと違い、街灯もない小さな集落だ。日が落ちてしまえば、家々の僅《わず》かな明かりだけが頼りになるほど暗い。

三人は薄暗い道を進み、集落の端まで来た。酒場は、道の途切れる手前にある。

「おかしいな」

「ああ、暗いな」

つぶやいたリュシオンに、フレイルも訝《いぶか》しげに酒場を見る。

まだ宵の口――酒場であれば、これからという時間だろう。にもかかわらず、酒場の窓は閉め切られ、明かりも漏れていなかった。

一見すると普通の民家のような建物だが、場所は確認していたので間違えるはずはない。

「たまたまでしょうか？」

休業日ということも考えられるが、今日の昼間は営業していたのだ。夜に店を閉める話も出回っていなかったので、その可能性は低いだろう。

「やっぱり、何か隠しているのでしょうか？」

突然の休業となれば、そのきっかけとして考えられるのは、やはりユアンたちの訪問だ。

フレイルは、黙って歩き出すと、酒場のドアノブを掴む。

「お、おい」

驚きの声をあげるリュシオンをよそに、フレイルはそのままドアノブを回した。すると意外なことに、ノブはあっさりと回る。

「開いてる……？」

驚愕するユアンを一瞥《いちべつ》すると、フレイルはドアを開け放った。

中は予想通り、真っ暗である。

リュシオンとユアンは、フレイルを追って中に入り、それぞれ〈照明《ライティング》〉の魔法語《マジックスペル》を唱えた。

一気に明るくなる店内。

カウンターに、二つのテーブル席。カウンターの後ろにある棚には、安酒とグラスが並んでいる。

昼間と違うのは、そのカウンターに店主の姿がないだけだ。

「店主の姿が見えないな」

「やはり、奇病に関わりがあったのか？」

フレイルとリュシオンが話す中、ユアンはカウンターに回り込む。彼が見た怪しいペンは、後ろの棚に無造作に置かれていた。

（ひょっとしたら、持ち去ってしまったかもしれないけど……）

店主が逃げ出したのであれば、あの魔道具《マジックツール》も持ち出した可能性が高い。

けれど確認だけはと思い、ユアンは昼間の記憶を辿って、棚に近づいた。

（確か、この辺に……）

棚には酒瓶やグラス、そして装飾品代わりなのか、大きな巻き貝が置かれている。予想した通り、元あった場所にペンらしきものはなかった。

「ユアン？」

しばらくして、フレイルがユアンに声をかける。

店の奥から出てきたところを見ると、他の部屋を確認していたようだ。

「店主はいた？」

ユアンが訊くと、フレイルは首を横に振る。

すると、その後ろから来たリュシオンが、苦々しい表情で告げた。

「慌てて出ていった感じだな。クローゼットに不自然な空きがあったから、それを持ち出してってところだろう。そっちはどうだ？」

リュシオンの質問に、ユアンは肩を竦《すく》める。

「魔道具《マジックツール》らしきものはなくなってます」

「ない、か……」

リュシオンも予想はしていたのか、その答えは淡々としたものだった。

「やはり持って逃げた、ということか」

「でしょうね」

リュシオンにうなずくと、ユアンは「はぁ」とため息を零《こぼ》す。

奇病の原因を突き止める突破口《とっぱこう》となりそうなものだったのだ。残念に思うのも仕方がない。

リュシオンたちもカウンターに入り、他に手がかりはないかと、辺りを見回した。

酒、皿、グラス、少しの果物が置かれたバスケット。特に珍しいものも、怪しいものもない。

「明日、ここの店主について住民に話を聞こう」

「そうですね」

ユアンはうなずくと、カウンターを出ようとする。その時、ふと床に落ちている空き瓶に目がいった。

なんの変哲もない、濃い青のガラス瓶。客が飲み終わったものを、そのまま放置したのだろう。

だが、ユアンはそれを見て、違和感を覚えた。

「どうした、ユアン？」

動きを止めたユアンに、リュシオンが訝《いぶか》しげに尋ねる。

「いえ、ちょっと」

そう言って、躓《つまず》いては危ないと空き瓶を拾おうとした。その時、彼は違和感の正体に気がつく。

床に空き瓶は、その一つしかなかった。

飲み終わった酒瓶をあちこちに転がしておくような、だらしのない店主もいるだろう。

しかし、建物が古く、家具も長く使用されているにしては小綺麗な酒場だ。

テーブルの端は削れ、ひび割れている箇所が多くある。カウンターも同じような状態だが、汚れはなく、食器類や酒瓶も綺麗に並べられていた。

さらによく見れば、カウンターの端、客から見えない位置に、空瓶がまとめて木箱に入れられている。

男の店主にしては、几帳面に整えられていた。

だからこそ、このように一本だけ空き瓶が放り出された状況が不自然に思えるのだ。

空き瓶を持ち上げたユアンは、それをじっと見つめる。

濃い色のついたガラスは、明かりを近づけなければ真っ黒にしか見えない。しかし、その重さから、中身が空であることは確かだった。

「ユアン？」

空き瓶を凝視するユアンに、フレイルが訝《いぶか》しげに声をかける。だが、ユアンの視線は空き瓶に釘付けになったままだ。

「……何か入ってる？」

「は？」

ユアンの言葉に、フレイルは彼に近づき、一緒に空き瓶を覗《のぞ》き込む。

魔法の照明を瓶に近づけると、二人は同時に「あっ」と声をあげた。

空き瓶の中に、ペンが入っている。

「これだ！」

ユアンの声を聞き、リュシオンも近くに寄ってきた。そして、ユアンは空き瓶に触れると〈魔法探知〉の魔法語《マジックスペル》を唱える。

ユアンの手が光り、その光は空き瓶を伝い、中のペンへと伝わった。

「魔道具《マジックツール》、だな」

「どうして空き瓶に？」

リュシオンの言葉に、ユアンは空き瓶を持ったまま首を傾げる。

昼間見た時は、棚に無造作に置かれていたのだ。持って逃げるならともかく、空き瓶に入れたまま放置とは意味不明である。

「わからんが、誤魔化すために空き瓶を利用したのか……それとも、直接触るのが危険なのか。まぁ、こんな無造作に転がっていたのは、慌てていて取り落とした可能性が高そうだがな」

「逃亡だしな」

リュシオンの考察に、フレイルも同意する。

「とりあえずこの状態で持ち帰ってみよう」

「そうですね。開けるなら、シリウスたちがいる時の方がいいと思います」

「確かに」

全員が納得したところで、リュシオンは酒場を見渡して告げた。

「なら一度戻るか」

「そうですね」

ユアンはうなずくと、空き瓶を持っていた大きめの革袋に入れる。

酒場の店主は逃亡したようだが、少なくとも手がかりは一つ手に入ったのだ。

三人は、酒場を後にすると、すぐに宿まで戻ったのだった。

†

三人が宿に帰ると、それを待っていたように、廊下にルーナとカインが現れた。足下には、シリウスとレグルスもいる。

「お帰りなさい、どうだった？」

すぐに問いかけてくるルーナに、リュシオンは苦笑しながら彼女の頭に手を乗せる。

「まず部屋に入ろう。ここで話すことじゃないしな」

「あ……！」

気がはやるあまり、ルーナはここが廊下であることに思い至らなかったのだ。

赤くなりながら、彼女は円卓の部屋へと入る。

全員が着席すると、リュシオンが防音効果のある結界を部屋に張った。そしてさっそく、調査の結果を報告する。

「酒場の店主は、どうやら逃げたようだ」

「逃げましたか……」

カインはつぶやくと、考え込むように顎《あご》に手をやった。

「あの店主については、明日、住民に詳しいことを訊いてみようと思う」

「それしかないね」

海沿いの集落は、とても狭いコミュニティだ。

住人たちの結束は固く、よそ者に対しては警戒心が強い。そんな中で、移り住んできた者が急に酒場を経営できるとは思えない。店主は昔からの住人であるはずだ。

住人に話を聞ければ、なぜ魔道具《マジックツール》を持っていたのか、理由や動機がわかるかもしれない。

「店主については明日話を聞くしかないが、一つ手がかりは見つけた」

フレイルの言葉に、ルーナとカインはハッとする。

二人とシリウス、レグルスが注目する中、ユアンが床に置いていた革袋から、一本の酒瓶を取り出した。

濃い青色の瓶は、照明に照らされてうっすら中身が露《あら》わになる。

「ペン？」

ルーナが中に入っているペンを見て、小さくつぶやいた。

「危険だから、直接触らないよう瓶に入れたのか、それとも簡単に発見されぬよう偽装したのかはわからない。だが一応の危険を考えて、このままの形で持ってきた」

リュシオンはそう言うと、ルーナの膝の上にいたシリウスたちに尋ねる。

「瘴気《しょうき》が閉じ込められているのか？」

「いや、この瓶の中にその気配はない」

シリウスが答えると、皆がホッと息を吐いた。

少なくとも、瘴気《しょうき》の危険がないことがわかり安堵する。

「では、出してみましょう」

ユアンはそう言うと、空き瓶からペンを取り出した。

光沢のある黒いペンは、ところどころ金の装飾が施《ほどこ》されている。だが、全体的には地味で実用的な印象だ。

ユアンがキャップを外すと、銀色のペン先が現れる。なんの変哲もない、よくある万年筆だった。

紙がなかったため、手のひらにペンを滑らせれば、特徴的なブルーブラックの線が描かれる。

「ただのペンだね」

首を傾げてつぶやくユアンに、リュシオンはペンに手を伸ばすと「いや」と首を横に振った。

「はっきりとはわからないが、わずかな魔力は感じるな。おそらく魔道具《マジックツール》だ」

「魔道具《マジックツール》。だとすると結界の……？」

カインが考え込むようにして独りごちた。奇病の原因となった、瘴気《しょうき》を囲い込むための結界なのではないか。それは皆が思ったことでもあった。

「わたしも見てみる」

ルーナはそう告げると、テーブルに置かれたペンを手に取った。

魔法語《マジックスペル》を唱え、ペンへと魔力を流す。〈魔法探知〉で、このペンにかけられた魔法を知ることができる。

ルーナのように技術が高ければ、どのような使い方をする魔法なのかといった詳細もわかるのだ。

ユアンにはできなかったが、ルーナは彼よりこうした魔法に適性がある。

「……ふぅ」

魔法の光が消えた後、ルーナは疲れたように息を吐く。

皆は、ルーナを気遣い沈黙する。だが、その視線には、結果を知りたいという欲求が隠しきれずにいた。

「使い方、だいたいわかったよ」

ルーナの言葉に、全員が息を呑む。

「リューが言ったように、これは結界を張る魔法が込められてるみたい。ほんの小さな結界だから、何度も使用できたんだね」

「やはり、奇病の原因ですか？」

カインの問いに、ルーナはコクリとうなずいた。

「はっきりとはわからないけど……もう一つ、魔道具《マジックツール》が必要だったのかな？　それがおそらく、『瘴気《しょうき》を発生させるもの』、あるいは『瘴気《しょうき》を固定するもの』なんだと思う。それと対でこの魔道具《マジックツール》が結界を発生させ、体内に送り込むのかなって」

「体内に送り込む？　これで？」

フレイルが、思わずといった様子で訊く。

このペン型の魔道具《マジックツール》に結界の魔法が込められているのはわかったが、体内に送り込むものと言われても理解できなかったのだ。

ルーナは顔を顰《しか》めた後、はっきりと告げた。

「このペン先で相手を刺すことで、送り込めるみたい」

（注射代わりにペンとか、笑えないよ）

その思いは、ルーナだけではないようだ。聞いていた皆の顔が、同じように歪《ゆが》む。そんな中、リュシオンが口を開いた。

「患者が男ばかりなのは、そういうことか」

「犯行現場が酒場ですからね」

海沿いの小さな酒場は住民密着の店だが、女性客は皆無だろう。

患者がすべて男性なのは、犯人が酒場の店主であれば納得できた。

「しかも、この結界、小さくすることで、すごく強固になってる……」

ルーナはそう言うと、ペンキャップを外し、反対側に被せてペン先を出した状態にする。

そして、キャップのクリップ部分に指を滑らせた。真鍮《しんちゅう》でできているだろうクリップには、よく見ると細かな装飾が施《ほどこ》されている。

その装飾こそが、魔法語《マジックスペル》を刻みこんだ魔法陣なのだ。

魔道具《マジックツール》の多くは、決められた動作により、込められた魔法が発動するようになっている。

ルーナの〈通信〉の魔道具《マジックツール》であれば、魔石に触れる、といったようにだ。

このペン型の魔道具《マジックツール》の場合、このクリップ部分の魔法語《マジックスペル》に指を滑らせることで、詠唱と同じ効果が得られる。

ルーナが正しくスイッチを発動すると、ペン先に光るシャボン玉のような小さな結界が現れた。

「この状態で刺すと、相手の体内に結界が〈転移〉するみたいだよ」

「だが、こんなものがそんなに頑丈なのか？」

フレイルの問いに、ルーナは「見てて」と可視化した結界へ注目するよう促《うなが》す。

皆が凝視している中、彼女は短く魔法語《マジックスペル》を唱える。それによって、魔道具《マジックツール》が作ったのとは違う結界が現れた。

ルーナはさらに魔法語《マジックスペル》を唱える。今度は火系魔法で、ペンが生み出した小さな結界が炎で覆われた。

結界に合わせた規模で、決して大きな炎ではない。だが、ルーナの強大な魔力で作られた炎は、相当な威力を持っているはずだ。

しかし、数秒、数十秒と経っても、炎に炙《あぶ》られた結界には、なんの変化も見られなかった。

「これは……」

「強固になっている、か……」

カインとリュシオンは、じっと結界を見つめたままつぶやく。

「これ、小さくするのと引き換えに、強度を高めてるんじゃないかな？　それでも、ほんの僅《わず》かは漏れるみたいだけど……そのせいで、体内に送り込まれた人は衰弱していくんだと思う」

「なるほど。そうすると、あえてじわじわと瘴気《しょうき》に侵《おか》されるよう仕組んでいる風に見えるね……」

そのやり口の陰湿さに、ユアンは嫌悪で顔を歪《ゆが》めた。

「ここ、魔法語《マジックスペル》の一部が削られてるの。一文字とかじゃなくて、本当にちょっとだけ。この加減のせいで瘴気《しょうき》が漏れたのかも」

ルーナは、クリップに書かれた魔法語《マジックスペル》の一部を指差した。

ひらがなで例えるならば、『あ』の字の横棒から上がないような状態である。読むのに差し支えないが、正確ではない。そんな感じだ。

「奇病を広めた動機がまったくわからないが、黒幕というべき奴がいるのは確かだろうな」

リュシオンの言葉に皆が首肯する。

少なくとも、このような魔道具《マジックツール》を作れる人物が、今回の企《たくら》みに関与している。

実行犯は酒場の店主だとして、それ以外の――おそらく海沿いの住人以外の者が関わっているのは想像に難《かた》くない。

「やっぱり、魔族？」

ポツリと落とされたルーナの言葉に、その場に沈黙が下りる。

人より優れた身体能力を持つだけではなく、魔族は長い時を生きるがゆえに、人が忘れ去った過去の叡智《えいち》に精通しているのだ。

魔道具《マジックツール》についても、人より熟知していてもおかしくない。

「考えたくはないが、何か関係があると思った方がいいな」

「そうですね。となると、ケネスが奇病に侵《おか》されているのも、偶然ではないのでしょうか」

リュシオンに続き、カインは疑問を投げかける。

魔族を倒すための武器――神宝。

それを探す鍵となる人物がケネスなのだ。どうやって知ったのかは不明だが、それゆえにケネスが狙われた可能性もある。

それを悟られないよう、ダミーとして他の患者も同じ状態にしたと考えれば、この地域のみ奇病が流行《はや》ったのも納得がいく。

「魔族の奇襲も、覚悟しておいた方がいいな」

フレイルの言葉に、皆が一様に真剣な表情になる。

「奇病の原因はわかったけど、今の状況では助ける方法がないよね。けれど僕たちは、ケネスさんを失うわけにはいかない。なんとか治癒法を見つけないと」

「ああ。ユアンの言う通りだ。明日、海沿いに向かえば、何か新しい発見があるかもしれない」

「うん。わたしももっと気をつけてみるよ」

ルーナは、決意を込めて宣言する。

「よし、では今日は解散だ。明日に向けてきちんと休養しないとな」

リュシオンの言葉に、全員がしっかりとうなずいたのだった。

第三章　幼き少女の祈り

海沿いの集落に来るのも三回目。

住人たちも、すっかりルーナたちに慣れたようだ。

「おう、嬢ちゃんたち、おはよう」

「この魚、持っていくか？　うめーぞ！」

などと、気軽に声をかけてくれるようになっていた。

それに対して、ルーナが愛想良く礼を言うため、集落の男性たちは揃ってやに下がる。そんな様子を後ろで見ているのが、リュシオンをはじめとした男性陣だった。

「すごいな、ルーナ。親父キラーか……」

「劇場の歌姫《アイドル》のようですね……」

変な感心をするリュシオンとカインに、フレイルが呆れたように肩を竦《すく》める。

「まぁ、どっちかと言うと父親目線だから、放置でいいけどな」

すると三人へ、ユアンがにっこりと言い放った。

「じゃなきゃ、潰してるよ？」

「何をだ⁉」

「目」

「「「――ッ！」」」

癒《いや》し系と称されるおっとり次男、ユアン。彼もまた、妹大好き《シスコン》だということを、改めて思い出した三人だった。

そんな背後でのやり取りに気づくことなく、ルーナは愛想良く住人に声をかける。

「おはようございます。後で寄りますね」

「おお、ありがとうな。嬢ちゃんのおかげで、あいつの調子も良いみたいなんだ」

「本当に、天使だよ……」

身内に奇病の患者がいるのか、ルーナを拝み出す男性に、彼女は恐縮する。

「わたしは、体力をほんの少し回復してるだけですから……」

「いや、嬢ちゃんが癒《いや》してくれるから、あいつはまだ大丈夫だって思えるんだ。きっとそのうち助かるって希望が持てる」

その言葉に、近くにいた住人たちがうんうんとうなずいている。

ルーナはその期待に、困惑しつつ微笑んだ。

（喜んでくれるのは嬉しいけど、あれを治したわけじゃないから……）

体内に瘴気《しょうき》を持っているなど、時限爆弾を埋め込まれているようなものだ。決して安心できる状態ではない。

（でも、あの人たちの希望を潰すようなことはしたくない。なんとか治せる方法を見つけ出そう！）

ルーナは、改めて固く誓う。

そんな時、ルーナたちのもとに近寄る人物がいた。この集落の顔役でもあるボブだ。

「おう、また来てくれたのか」

にこやかに手を上げるボブは、最初の頃の無愛想さが嘘のようである。

「ボブさん。少し訊きたいことがあるんですが……」

ボブの姿を見て、カインが尋ねる。

何かを察したのか、ボブはうなずくと、他の住人の目から隠すように建物の陰に誘った。

「どうかしたのか？」

「教えてほしいことがある」

「なんだ？」

「酒場の店主についてだ」

リュシオンの問いに、ボブは訝《いぶか》しげな表情になる。

「酒場……ヨハンのことか？」

「ヨハンというのか。ああ、たぶんその男のことだ」

「あいつがなんだ？　どうして訊きたがる？」

ボブは、険しい顔で訊き返してきた。

海沿いの集落では、住人全員が家族のようなものである。ルーナたちに感謝をし、協力するつもりではいるが、住人に関わることとなればまた別だ。

集落の人間によからぬ意図で近づくならば、容赦しない。そんな気概をボブから感じる。ルーナたちは、どうしたものかと顔を見合わせた。とはいえ、諦めるという選択肢はない。少し間を置いて、リュシオンが口を開いた。

「実は、ヨハンの怪しい行動が気になっている」

「はぁ？　何を言っているんだ」

率直なリュシオンの言葉に、ボブはすぐさま反論の声をあげた。

こちらがただ怪しんでいると言うだけでは、感情的になっているボブは納得しない。すぐにそれを感じたリュシオンは、落ち着いて告げた。

「ひとまず、ついてきてほしい」

そう言って、返事も待たずにリュシオンは歩き出す。ボブは、困惑しつつも黙って彼らについて行った。

辿り着いたのは、海沿いの集落の端。酒場の前だ。

「来た時には、ドアは開いていたが店主の姿はなかった」

リュシオンは、訪れた時間には触れずにあの日の出来事を話す。

「いない？」

ボブは、ますます困惑した顔で酒場のドアノブに手をかけた。

古びたドアは、ギィと音を立てて開く。そのまま中に入ったボブは、勝手知ったるとばかりに奥へと進んだ。

小さな店内の奥には、住居スペースがある。

そちらへ向かうボブについて、ルーナたちも歩を進める。

奥にはリビングがあり、その向こうにキッチンとダイニングが見える。古びたソファには、花柄のキルトがかけられていた。

あの店主とは結びつかない、意外にも可愛らしい内装の部屋だ。

ドアがないため、リビングから直接廊下が見える。その先へ進めば、二つの扉があった。

ボブは、遠慮なくそれぞれのドアを開ける。

一つは、ベッドの他に箪笥《タンス》などが置かれた部屋で、もう一つは小さめのベッドや机が置かれた部屋だ。

机の上には木製の玩具が置いてあり、作り付けの棚には、海で拾ったと思われる大小の貝殻が飾られている。

どうやらこちらは、子供の部屋のようだ。

ボブは、大きなため息をつくと、心なしか肩を落として歩き出す。

一通り住居スペースを確認すると、全員が店内に戻った。

「座ってくれ」

ボブに促《うなが》され、ルーナたちはテーブルとカウンターに分かれて座る。

「なぁ、ヨハンは……あいつは今回の件に何か関係があるのか？」

絞り出すように紡がれたボブの言葉に、カインが静かに答えた。

「ええ、彼がここにいないところを見ると、恐らく……」

「関係していることは確かだろうな」

確信した様子でリュシオンが言い、ルーナもうなずく。

「教えてもらえますか？　彼のこと」

ボブは「はぁ」とため息をつくと、ゆっくりと話し始めた。

「ヨハンは、この海沿いで育った。強面《こわもて》だが気は優しくて、面倒見がよくてな。酒場に来た奴らの相談にもよく乗っていた」

(良い人だったんだ……)

ボブの話を聞きながら、ルーナは意外に思った。

奇病のもとである瘴気《しょうき》を、家族にも等しい住人たちにばらまいた人物である。正直、村の鼻つまみ者だとばかり思っていたのだ。

だが、ボブの話から受ける印象は正反対だった。

「なぁ、あんたたちは、奇病とヨハンがどう繋《つな》がっているって考えてるんだ？」

「恐らくだが、奇病はヨハンが広めた」

「そうか……」

リュシオンの言葉に、ボブは一瞬目を見開いたが、すぐに納得したようにうなずいた。

そんな彼の態度に、ルーナはおずおずと口を開く。

「あの、何か心当たりがあるんですか？」

「ああ。話せば長くなるが……」

そう言って、ボブは語り始めた。

「あれは二年ほど前のことだ。この辺りを見たこともないような嵐が襲った。酷い雨と風と雷で、漁も控えて、皆、家に閉じこもっていた。だがな、子供にはそんなもん関係なかった。誰が言い出したのか、家を抜け出して数人で海を見に行ったんだ」

「それは……」

ルーナは、思わず口を手で覆う。

前世、日本で生まれ育った彼女は、台風などの自然災害の恐ろしさについて、よく知っていた。川や海の様子を見に行って、帰ってこなかった者が多い事実も。

「たまたま、見回りをしていた奴が、岩場に取り残されている子供たちを見つけた。最初は安全だと思っていた場所が、あっという間に水に浸《つ》かってしまったんだろうな。子供たちは、全部で三人。俺たちが向かった時には、必死で岩にしがみついていた」

当時のことを思い出したのか、ボブは顔を顰《しか》めて続きを話す。

「命綱をつけた俺と、もう一人の大人で、なんとか二人助けた。だが、あとの一人は、突き出た岩の向こうにいてな……波のせいもあって近寄れなかった。なんとかロープを投げるが、それもなかなか届かない。そうして時間ばかりが過ぎ、子供の体力にも限界が来た。しがみついていた手が離れたと思った瞬間に、子供は海に落ちて、波に呑み込まれた」

「そんな！」

声をあげるルーナに、ボブは疲れたような苦笑を見せる。

「それっきり行方《ゆくえ》がわからなくなった子供は、三日後に見つかった。変わり果てた姿でな……両親の嘆きは深く、とても見てられないくらいだった」

「まさか、その両親が……？」

フレイルの言葉に、ボブはコクリとうなずく。

「その通り、ヨハンとその妻だ」

沈黙が場を満たす中、ボブは重い口を開いた。

「子供を亡くしたヨハンの妻は、心を病《や》んだ。他の二人は助かったのに、自分の子だけが死んだのが納得できなかったんだろうな。誰の慰《なぐさ》めも受け入れられず、一週間後自らも海に飛び込んで命を絶った」

子供の死だけでも辛いだろうに、妻まで亡くしたヨハンを思い、皆、言葉を発することができなかった。

「あいつは、誰も責めなかった。だが、心の中では恨んでいたのかもしれない。そう考えると、今回の件も納得できるんだ」

「奇病の患者には、何か繋《つな》がりが？」

ユアンの問いかけに、ボブは小さくうなずく。

「生き残った子供の親や親戚、あの時救助していた奴らもだ。ヨハンのことを聞かれなければ、繋《つな》がりなんて思いつきもしなかった。それに、俺も無事だったしな。多分、ここ一ヶ月ほど忙しくて酒場に顔を出せなかったのが幸いしたんだろな」

ボブは、悔しそうに膝にこぶしを打ち付けた。

全員無事であれば、子供の悪戯《いたずら》——もちろん大目玉を食らう悪戯《いたずら》だが、それでも何年か経てば、笑い話にもなっただろう。

しかし、ヨハンの子供は死んでしまった。

共に慰《なぐさ》め合い、前を向いて歩くべき伴侶までも続けて失ったヨハンは、その怒りと恨みをずっと胸に抱えていたのかもしれない。

重苦しい空気の中、リュシオンはボブに告げた。

「奇病だが、ある毒物の疑いがある。だがそれは、とても珍しいもので、ヨハンが手に入れられるとは思えない」

「毒……」

ボブは、呆然とつぶやく。

正しくは毒ではなく瘴気《しょうき》だが、それを公《おおやけ》にしても怯《おび》えさせるだけだ。そのためリュシオンは、毒と告げたのだった。

「奇病の原因についてはわかったが、取り出すことが難しい。だが、必ずなんとかする。ただ、今の状態で毒などと言ったら悪戯《いたずら》に混乱させるだけだろう。だから、もう少しだけこのことは胸の内に秘めておいてくれないか？」

「わかった。あんたたちに従う」

複雑そうにしながらも、ボブはしっかりとうなずく。

毒などと聞けば、必要以上に怯《おび》える者、悲観する者が出るかもしれない。現状はルーナの治療によって希望が湧いたため、皆なんとか落ち着いているのだ。

「必ず、治療法を見つけます。だから、少しだけ時間をください」

真摯《しんし》に訴えかけるルーナに、ボブは帽子を脱いで頭を下げる。

たとえケネスという目的があるとしても、縁もゆかりもない海沿いの集落の患者を、なんとかして助けようとしてくれる者たちだ。

その気持ちが、ボブには素直に嬉しかった。

「他の奴らには、ヨハンは親戚に呼ばれて集落を出たと言っておく。おそらく本人はもう戻ってこないだろうが、住人たちに真相を伝えるのは……」

家族のように思っていた集落の一員が、実は自分たちを恨んでいた。そして、その恨みから奇病を引き起こしたと住民に説明するなど、ボブにはとてもできなかった。

「それでいい。隠し通すなら、それで。俺たちに否やはない」

「すまねぇ」

ボブは再度頭を下げると、ルーナたちを残して去って行く。

酒場に残された五人は、各々《おのおの》ヨハンの痛ましい過去に思いを巡らせ、しばらく無言のままその場にいた。

そんな空気の中、ルーナの持っていたバスケットが、ガタガタと揺れる。

「あっ」

ルーナが慌ててバスケットの蓋を開けると、そこから子犬と子猫が飛び出してきた。シリウスとレグルスだ。

「やれやれ、人というのは厄介だな」

「うむ。せめて妻が無事であれば、ここまで堕ちることはなかったであろうに」

バスケットの中で話を聞いていた二匹は、そう言って重々しいため息をつく。

「そうだね。ヨハンさんの事情には同情するけど……だからって奇病を振りまくなんて、絶対にやっちゃだめだと思う」

やりきれないと言わんばかりのルーナの肩を、ユアンがそっと抱く。

「心の闇を突かれたんだろうな……」

「誰のせいでもないのはわかっていても、憎むべきものが欲しかったんでしょうね」

リュシオンとカインは、ヨハンの心情を慮《おもんぱか》り、顔を歪《ゆが》めた。

「だが、あんな魔道具《マジックツール》を手にしなければ、いつか自分の心とも折り合いをつけられただろう。心の闇につけ込む奴が元凶だ」

「うん。その人物が黒幕なんだろうね。奇病を蔓延《まんえん》させるのがそいつの目的で、ヨハンはそれを実行するのにうってつけだったんじゃないかな」

フレイルとユアンの見解に、皆は首肯する。

（黒幕。やっぱり魔族なのかな……）

もともとは善人だった人間の心の闇を突き、罪なき人々に病《やまい》を振りまいて、その嘆き悲しむ様《さま》を楽しむ。

そんな黒幕の心情は、魔族の性《さが》と一致するのだ。

（そうだとしても、どうやって店主と知り合ったの？　すぐに捕まえたいのはやまやまだけど……まずわたしたちがやらなければならないのは、奇病を治すこと）

「原因も動機もわかったけど、まず今一番に解決しないといけないのは、あの瘴気《しょうき》が籠もった結界を取り出す方法だよね……」

ルーナの言葉に、皆一様に考え込む。

その時、ふと思いついたようにフレイルが口を開いた。

「なぁ、ルーナの神宝《ロッド》は、魔力を吸収できるんだよな？　それで結界ごと吸い込むことはできないのか？」

「ロッド……？」

「ああ。神宝ならば、結界の魔力を奪い、瘴気《しょうき》を浄化することもできるんじゃないかと思って」

「確かに……そうか、神宝か」

フレイルの提案に、リュシオンたちは目を見開く。

これまで神宝は魔族に対抗する手段として捉《とら》えていたため、今回の件で活用できるなど考えていなかったのだ。

「わたしのロッドは、魔力を吸収する効果があるから、結界を形成している魔力を吸い取ればいいいってことね」

「ああ。うまくいけば……どうだ？」

リュシオンに訊かれ、ルーナは少し考えてから口を開いた。

「やってみないとわからないけど、できそうな気はする」

「危険だったら、途中で止められるか？」

心配そうなフレイルに、ルーナはコクリとうなずく。

「大丈夫だと思う。結界が壊せれば、しぃちゃんたちがいるから瘴気《しょうき》はどうにかなるし」

「うむ。我らが浄化する」

「任せておけ」

頼もしく請け合う二匹に微笑み、ルーナは皆を見た。

「その前に、あの魔道具《マジックツール》で結界を作って、それで試してみていいかな？　人の生命がかかっているんだもん。いきなりはさすがにね……」

「じゃあ、これがいるね」

ユアンはすぐさま、昨日持ち帰ったペン型の魔道具《マジックツール》を取り出した。

「僕が使ってみるよ。ルーナはロッドを試してみて」

「わかった」

ルーナは兄にうなずくと、ウエストポーチから神宝を取り出す。右手にロッドを握り、ユアンが魔道具《マジックツール》のスイッチを起動させるのを待った。

ユアンが魔道具《マジックツール》を起動すると、すぐに小さな結界が作られる。さらに、その結界を囲んでルーナが結界を構築した。

「行くよ」

ルーナは一声かけると、持っていたロッドを結界に向けた。

次の瞬間、ロッドが淡く輝き、その光が結界とぶつかる。

すぐに割れるのではなく、結界を構成している魔力を吸収した後に『消え去る』はずだ。

しかしルーナが作った結界は消滅したものの、魔道具《マジックツール》で作った結界はなくならなかった。また、魔力を吸収されているにもかかわらず、変化もない。

「どういうこと？」

ルーナは、神宝の力を止めると、困惑しながらつぶやいた。

魔道具《マジックツール》で作られた小さな結界。それを構成する魔力などたかが知れており、だからこそ魔道具《マジックツール》化できたとも言える。

神宝であるロッドで魔力そのものを吸収してしまえば、魔法は維持できないはずだ。

「ロッドはちゃんと作動してた。でも、結界は無事だなんて……」

首を傾げるルーナだが、他の者たちとて原因はわからない。

「実は結界じゃなかった、とかか……？　だが〈魔法探知〉はできたわけだしな」

リュシオンのつぶやきに、ユアンが応える。

「〈魔法探知〉で反応を示したんですし、結界であることは間違いないですよ」

「普通に考えて、結界が壊せないのは……相手の力量が勝《まさ》っている時だが」

フレイルのつぶやきを聞いたルーナは、「あっ」と声をあげた。

「どうした、ルーナ？」

リュシオンが声をかけると、ルーナは興奮した様子でまくし立てる。

「フレイの言う通りだよ！　結界が壊せないのは、それがロッドの力を超えているからなんだ。あのね、この間リューとカインが呪われたでしょ？　あの時、このロッドだけじゃ呪いは解けなかった。でも、コットさんの神宝と力を合わせたら、呪いを上回ることができて、結果解呪できた。今回も同じなんじゃないかな？」

「力が足りないってことか」

「うん。これ、魔族が作ったものなら、普通の魔法とは違う……呪いみたいな、禁忌《きんき》魔法が使われてる可能性があるよ」

「だとすれば、ルーナの神宝だけでは不十分ということか？　……うん、試してみる価値はあるな」

リュシオンの言葉に、ルーナは深くうなずく。同時に、アンセルに出かける前の自分を悔やんだ。

（こんなことになるなら、コットさんにもついてきてもらうんだった……）

コットは、神宝の一つを所持している。

けれど今回、彼には王都で留守番をしてもらうことにしていた。

フォーン大陸では、ほとんど見ることのない獣人。それゆえに、誤解から騒動に発展する可能性がある。例えば、魔族と勘違いされるといったものだ。

さらに、ルーナたちが向かうのは、アンセルというキルスーナ公国の辺境である。

大都会より田舎《いなか》の方が、獣人であるコットが目立つのは必至。

そのため、コット自身の安全と、いざとなった時、他国では彼を庇《かば》いきれない事態を心配し、待機してもらうことにしたのだった。

当初は人捜しするだけだから、コットがいなくとも大丈夫だろうと思ったのも確かだ。

それが今現在、裏目に出たというわけである。

「コットさんにも、来てもらうべきだったね」

ルーナが告げると、リュシオンはちらっと彼女を見た。

「いや、大丈夫だろ」

「ふぇ？　リュー、どういうこと……？」

困惑するルーナに、リュシオンはニヤリと笑う。

「一応と思って、持ってきた」

そう言ってリュシオンは、自分のウエストポーチから、布に包まれた何かを取り出した。

光沢のある蜂蜜色の布。それを丁寧にめくると、現れたのは柄《つか》に赤い石が嵌《は》められた小ぶりの短剣だった。

北方の地下遺跡で見つけた、神宝である。

金の装飾が施《ほどこ》された柄《つか》と、水晶のような透明の刀身をした短剣は芸術性が高く、儀式などのためのものに思える。

しかしよく見れば、刃は鋭く、実用性も十分にあることがわかる。

「さすがですね」

カインが感心すれば、リュシオンは苦笑で返す。

「魔族と対峙する可能性が、なきにしもあらずだったからな。まぁ、こんな風に必要になるとは思いもしなかったが」

「確かに」

「だが、ただ使うだけでは意味がないんじゃないか？」

「フレイル？」

ふいに口を挟んだフレイルに、ユアンが首を傾げる。

「ルーナのロッドと同じだ。本来の力を引き出せないと、これはただの短剣と変わらない」

フレイルの言うように、ルーナのロッドは、彼女が使わなければただの綺麗な棒と同じだ。

ロッドにルーナが選ばれたからこそ、本来の力が引き出せる。同じ神宝である短剣もまた、主《あるじ》を定めなければ、その本来の力を使えるとは思えない。

「本来の力ですか……」

「だが、コットの神宝も使えていただろう？」

リュシオンが訊くと、答えたのはシリウスだった。

「あやつも、神宝の力を引き出しているわけではないぞ。呪いを打ち破ったのは、子猿たちが尽力したのと、神域のおかげだ。だがまぁ、もともと『血』に刻まれたものがあるのだろう。そこそこは使えるようだったがな」

「血？」

「そうだ。あれはあやつの一族に与えられたもの。それゆえに、一族のものであればある程度の力は引き出せる」

シリウスの説明に、ルーナは深々とうなずく。

（そういえば、あの神宝はコットさんの一族に伝わるものって言ってたもんね。主《あるじ》でなくても血族っていうキーがあることで、制限はかかるものの使えはするってことかな）

「まぁ、一度試してみるか」

「うむ。あやつでも、他の者でもいい。真に使える者がいれば、ルーナの盾くらいにはなるだろう」

（盾って……でもそっか、コットさんの神宝の力を引き出せるようになれば、戦力アップ間違いなしだよね！）

コットは、魔族の脅威は人ごとではないと、協力を申し出てくれている。だからこそ、島に戻らず、ライデールに留《とど》まっているのだ。

たとえ彼が選ばれないとしても、その神宝を使う許可を得た誰かが使えれば、ルーナたちとしても問題ない。

「認められる、か……その基準がわかればな」

リュシオンは、手の中にある短剣を見つめてつぶやく。

ルーナの場合、ロッドを手にしただけだった。しかし、この短剣に関しては、皆触れたことはあるものの、特段何も起こらなかった。

「魔力を流してみる、というのはどうです？」

カインの提案に、リュシオンは一考の余地があると思ったのだろう。短剣の柄《つか》を握ると、自身の魔力を流し込んだ。

皆が固唾《かたず》を呑んで見守るが、一分ほど経っても、短剣には何の反応もない。

「ダメか……」

少し残念そうなリュシオンは、隣にいたカインに短剣を渡す。

カインは、渡された短剣を物珍しげに眺めた後、リュシオンと同様に柄《つか》を握って魔力を流した。

「……僕もダメなようですね」

同じく無反応であることを確認した後、カインは短剣をユアンへ渡す。

「では行きます！」

気合を入れたユアンも、短剣に魔力を流す。しかし、彼もまた、短剣からの反応はなかった。

「魔力でダメだとしたら、他の方法か……一体なんだろうな……」

五人中、三人がダメだったのだ。

そもそもやり方が間違っている可能性もあるため、リュシオンとカインは次に試す方法を検討し始める。

そんな中、ユアンから短剣を受け取ったフレイルは、気負うことなく短剣に魔力を流した。

途端、フレイルが持っていた短剣が、光を放って輝く。

「うわっ」

「ええっ！」

短剣を手にしていたフレイルと、それをじっと見つめていたルーナが同時に声をあげた。

光に気づいたリュシオンたちも、驚いた様子でまじまじと短剣を見つめている。

すぐに光は収まったが、異変は続いていた。

フレイルが持つ短剣の刀身が、水晶のようなものから、青みを帯びた透明なそれへと変化しているのだ。

「綺麗……」

ルーナは刀身を見つめてつぶやく。

透明な刀身も美しかったが、青みを帯びたそれは、まさしく宝石で作られた短剣のようだった。

「驚いたな……これは、フレイルが選ばれたってことでいいのか？」

リュシオンが誰とはなしに訊くと、じっとフレイルを見ていたシリウスが答えた。

「そのようだな。神宝から、前とは比べものにならないほどの力を感じる」

「フレイ、どう？」

ルーナは、おずおずとフレイルに問いかける。

神宝の持ち主であるからこそ、彼女にはわかっていた。神宝に選ばれると、その力の使い方など

が自動的に頭に流れ込んでくる。

フレイルにもそれが起こっていると考えたのだ。

「ああ、なんとなくだが、使い方もわかる」

「どういったものなんです？」

「それはなんだ⁉」

カインとリュシオンが、珍しく興奮した様子で問い詰める。

特別な武器というのは、男子の心を惹き付けてやまないようだ。

(なんだかんだ言って、リューもカインも神宝欲しいんだろうな)

もちろん、神宝が魔族に対抗できるものだからという、必要にかられての意味はあるのだろう。

しかし、それを差し引いても、特別な力を持つ武器というものに心がくすぐられるのだ。

(その点では、一番クールなフレイが手にしたっていうのも、ちょっと皮肉だよね)

ルーナがそんなことを思っている横で、フレイルが神宝について語り出す。

「この短剣は、簡単に言えば魔力を斬ることができる。つまり、魔族が自分を守る防御魔法をかけていたとしても、この神宝があれば無効化できるということだ。それに……」

「それに？」

「どうやら瘴気《しょうき》の類《たぐ》いを『斬る』ことも可能みたいだ」

「すごい！」

ルーナは目を輝かせる。

魔力のみならず、瘴気《しょうき》すら『斬る』という神宝。まさに今、彼女たちが必要としているものだった。

「素晴らしい特性じゃないか！」

「本当に」

はしゃぐルーナに続き、リュシオンとカインも感心しきりだ。そんな彼らに、フレイルは真面目な顔で首を横に振る。

「本当に使えるかどうかはまだわからないからな。——ユアン、ルーナの代わりにこれを囲む結界を作ってみてくれ。とりあえず俺も試してみる」

「う、うん、わかった」

ユアンが先ほど作った結界——無傷なそれを覆う結界を作ると、フレイルが短剣を振り上げた。

シュッと風切音がし、短剣が振り下ろされる。だが、ルーナの時と同じように、ユアンが作った結界のみが霧散しただけで、魔道具《マジックツール》が作った結界は無傷だった。

「やはりだめか……」

「ルーナのロッドでもダメだったし、やっぱり二つの神宝がいるんじゃないの？」

ユアンの疑問に、フレイルは苦笑する。

「それはその通りだが、常に二つの神宝がないと魔族と対峙できないのは問題だろう」

「あ……！」

フレイルの指摘に、ルーナは息を呑んだ。

神宝は魔族への対抗手段になり得るもの。しかし、神宝が常に二つ必要なのだとしたら、使える状況が限られてしまう。

たとえば、神宝の持ち主が引き離されてしまえばどうなるのか。

「でも、悲観することはないと思う」

「フレイ？」

「ルーナの神宝が神域で力を取り戻したって言ってただろ？　たぶんだけど、この短剣もまだ完全ではない気がするんだ。神域で神気を取り込んで、俺が完全に使いこなすことができるようになれば、もっと力が増すはずだ」

「ならば、クレセニアに帰ったら神域に行ってみるべきだな」

リュシオンの言葉に、フレイルはコクリとうなずいた。

「とりあえず今は、ルーナの神宝と力を合わせてみよう」

「わかった。ここには、二つの神宝がある。それも、ちゃんと力を引き出せる所有者がいる神宝が――だから、きっと大丈夫だよ」

ルーナの言葉に、皆は真剣な表情でうなずく。さらには、シリウスとレグルスが、彼女の提案を後押しした。

「ふむ。あの神域の時と同じようにと言うならば、我らが力を貸せばよいな」

「それに、結界を断った後、たとえ瘴気《しょうき》を完全に処理できずとも、すぐに我らが浄化すればよい。それならば問題なかろう」

神宝と、神に連《つら》なる神獣の手助け。

それぞれ真なる力を引き出せれば、神域におらずとも、魔族の呪いとも言える禁忌《きんき》魔法に対抗できる。

「この短剣は、俺の意志によって魔力のみを切ることができる。つまり、結界に直接突き刺すんだ。瘴気《しょうき》がわずかに体内に残ったとしても、この神宝を媒介にして、直接シリウスたちが浄化できると思う」

直接結界を短剣で貫《つらぬ》き、中の瘴気《しょうき》を『斬る』ことで浄化する。もし、それでも漏れ残った瘴気《しょうき》があれば、すぐにシリウスたちが浄化をすればいい。

これならば、瘴気玉《しょうきだま》を埋め込まれた人間の身体にはなんの負担もかけず、行えるはずだ。

「やってみよう」

ルーナが力強く告げると、フレイルもしっかりとうなずいた。

「ユアン」

フレイルの合図で、ユアンは再度、結界に結界を重ねる。

「ルーナ、ロッドをフレイルの短剣に向けろ」

「え、でも……」

シリウスの言葉に、ルーナは戸惑いの声をあげる。

彼女の神宝は、魔力を吸収する力を持っているのだ。それをもう一つの神宝に向ければ、その力を奪うのではないか。そんな危惧をルーナは抱く。

「大丈夫だ。それらは魔族に対抗する神の道具」

レグルスの言葉に励まされ、ルーナは、ロッドを短剣に向ける。途端、その先端にある宝珠から、優しい光が溢《あふ》れ出した。

光は、ロッドから短剣の柄《つか》にある赤い宝石へと流れ込む。次いで、青みを帯びた刀身が、宝石の色を取り込み紫に変わった。

「いくぞ」

フレイルが合図をし、短剣を振り上げる。次の瞬間、振り下ろされたそれは、ユアンの結界を壊し、魔道具《マジックツール》で作った結界にしっかりと突き刺さっていた。

「やった！」

思わず声をあげるルーナ。

結界は壊れることなく、短剣を突き刺したまま維持できている。その加減も、フレイルが短剣の力を引き出せているからだ。

そして短剣を引き抜くと同時に、結界は霧散《むさん》した。

「いけそうだな」

「これで、ドロシーちゃんのお兄さんを助けられるね！」

嬉しそうに笑うルーナに、皆も優しく目を細めた。

ドロシーの兄ケネスは、神宝を得るために必要な人物だ。しかし、ルーナにとっては、ドロシーという幼い少女の兄を助けたい――その一心で奇病を解決しようとしていることが伝わってきた。

「善は急げ、だ。行くぞ」

リュシオンにうなずき、皆は酒場を後にした。

†

さっそくドロシーの家に向かったルーナたち。

昨日と同じようにドロシーを遠ざけるため、今回犠牲になったのはシリウスだった。

絶対に傷つけないとはいうものの、体内の結界へ向けて短剣を突き刺す必要があるのだ。そんな衝撃的な光景など、できれば見せない方が良い。

ケネスの寝室に集結した五人。

ベッドの枕元には、ケネスを挟んでルーナとフレイルが対面で立つ。他の三人は、ケネスの足下側で見守っている。

「いいか?」

フレイルの問いに、ルーナはコクリとうなずく。

すでにロッドは、その手にしっかりと握られている。

フレイルは、ルーナが特定した結界の場所に、短剣を突きつけた。その場面だけ見れば、物騒この上ない。

ルーナは酒場で試した通り、フレイルの短剣にロッドを向けた。

ロッドからの光が短剣に移り、その刀身が青から紫に変わる。変化が起こると、フレイルは決意を込めた表情で、短剣を振り上げた。

そのまま振り下ろされた短剣が、ズブリとケネスの身体に突き刺さる瞬間、ルーナはこぶしを握りしめ、息を呑んだ。

フレイルが持つ短剣は、刀身を半分残してケネスに突き刺さっていた。けれど不思議なことに、そこからはまったく出血していない。

「この刀身は、魔力の塊《かたまり》みたいなものなんだろう。だから刺すといっても身体を傷つけるわけではない。それに、瘴気《しょうき》を斬ることができるのも確かだ。だが、今の神宝では散った瘴気《しょうき》を浄化するまでは厳しいみたいだな……」

フレイルは、自身だけが感じているであろう事態を説明する。

その説明を聞きつつも、皆、目の前の光景から目を離せないでいた。

短剣が人を傷つけないのは、ケネスに出血がないことでわかる。だが、頭で理解はしていても、実際に身体に突き刺さる短剣を見ているのだ。どうしても心配になってしまう。

（本当に傷つけてないのかな……）

ルーナは固唾《かたず》を呑んで見守った。その間にも、フレイルの持つ短剣の刀身がさらに深く潜《もぐ》り込む。

「結界に刺さった。レグルス！」

「任せろ」

フレイルに呼ばれたレグルスは、前足をまっすぐ伸ばし、腰を上げる。威嚇《いかく》する猫のような姿勢を取った彼は、ふるりと身体を震わせた。

すると、レグルスの身体から金色を帯びた光がまき散らされ、それがフレイルの持つ短剣へと吸い込まれる。

僅《わず》かに見えていた紫色の刀身が、今度は金色の光を放つ。そして、数秒の後、元の青色に戻った。

フレイルは、それを確認すると、ゆっくりと短剣を持ち上げる。

するするとケネスの体内から抜ける刀身には、血の痕はなかった。

そうしてついに、鋭い先端部分が現れ、完全に短剣が抜ける。すると、傷口は、抜けると同時に跡形もなく消えた。

(幻影を見てるみたい……)

ルーナはそんなことを思いつつ、魔法語《マジックスペル》を唱える。まずは、〈魔法探知〉で体内に結界がないことを確認し、次いで〈診察〉を施《ほどこ》した。

両方の魔法を発動し終えると、ルーナはホッと息を吐く。

「ルーナ、どうだ?」

真剣なフレイルの声に、ルーナはニコリと微笑んだ。

「大丈夫。結界は消えてるし、身体に不調はないよ」

「成功、ということか……」

リュシオンも、安堵の表情でつぶやく。

「あとは、ケネスさんが目を覚ますだけなんだけど、心配なのは、微量とはいえ瘴気《しょうき》に晒《さら》された身体だよね……」

「そうだな」

「今日明日には全快……というわけには、さすがにいかないかもしれませんね」

カインの言葉に、皆はそれぞれ首肯した。

体内の瘴気《しょうき》は取り除けた。しかし、すぐに目覚めるかどうかは、ルーナたちにも見当がつかない。

そんな時、廊下から控えめなノックの音が響いた。

「お姉ちゃん、もう入ってもいい？」

聞こえてきたドロシーの可愛らしい声に、ルーナはどうしようと他の者たちを見る。

リュシオンはルーナにうなずくと、自ら出入り口に近づいてドアを開けた。その途端、ドロシーはルーナに駆け寄ってくる。

「見て見て、お姉ちゃん！　しぃちゃん、可愛いでしょ!?」

そう言って両腕を伸ばしたドロシー。

ルーナが目を移せば、その手にはぶらんと伸びたシリウスの姿があった。

（デジャヴ……）

まったく同じようなシチュエーションを思い出しながら、ルーナは引《ひ》き攣《つ》った笑みを浮かべる。

シリウスの首には、ピングのリボンが歪《いびつ》に結ばれていた。そして、腰の辺りには白地にピンクの小花模様があしらわれたスカートが揺れている。

そんな姿を見られたシリウスは、明らかに憮然としていた。

（お、お疲れさま……）

心の中で労《ねぎら》い、ルーナはドロシーの目線に合わせて腰を下ろす。

「ドロシーちゃん、しぃちゃんと遊んでくれてありがとう」

礼を言ったルーナは、そこでドロシーの異変に気づいた。彼女の視線はルーナではなく、その後ろに釘付けになっている。

「どうしたの？」

声をかけるルーナの後に、ドロシーは驚きの表情でつぶやく。

「お、お兄ちゃん……」

「え？」

ドロシーの視線を辿ったルーナは、その先にある光景に目を見開いた。

ベッドで眠っていたはずのケネスが、顔を横に向けて、目を開けているのだ。

「お兄ちゃん！」

ドロシーは、シリウスを床に置くと、ケネスに駆け寄った。

「……イ……」

声が出ないのか、掠《かす》れたつぶやきらしきものがケネスから漏れる。だがそれが、妹の名を呼んだものだと、その場にいた全員には理解できた。

「お兄ちゃん、お兄ちゃん、お兄ちゃん！」

ドロシーは何度も兄を呼ぶと、ついには大きな声で泣き出す。

こんなに小さな子が、唯一の肉親である兄が病《やまい》に倒れた状況で、平気だったはずがない。これまでは周囲に心配をかけないよう、なんとか気を張っていたのだ。

（ドロシーちゃん……よかった……）

ルーナは、兄妹のやり取りにそっと目頭を熱くする。

声が出ないのも含め、長く眠っていた影響は残っているだろう。だがそれも、これからの治療で元に戻すことができる。

そっと部屋を出たルーナは、キッチンで水を汲むと、寝室へ戻る。

すると、リュシオンたちの手を借りたのか、ケネスが半身を起こしていた。

「飲めますか？」

ルーナの声で、ケネスは彼女へ目を向ける。そして、その状態のまま凍り付いた。

「お水、飲めますか？」

固まったままのケネスに首を傾げながら、ルーナは再度問いかける。それで我に返ったのか、ケネスは真っ赤になりながらも、おずおずとコップに手を伸ばした。

「気をつけてくださいね」

ルーナが手を添えてやると、ケネスはさらに顔を赤くして動揺する。

なんとか水を飲み込んだケネスは、咳払いをして頭を振った。

「お兄ちゃん大丈夫？　お姉ちゃん綺麗でびっくりしたよね！」

「え、あ、ああ」

まだ掠《かす》れるものの、しっかりとした返事がケネスから発せられる。それを聞いて、ドロシーはにっこりと笑った。

「お兄ちゃん、起きてよかった」

ドロシーの可愛らしさにルーナがほっこりしていると、リュシオンがケネスに声をかける。

「聞きたいことは色々あると思うが、俺たちはもう引き上げるから、ゆっくり休んでくれ。明後日くらいにまた来るから、その時に話を聞かせてほしい」

ケネスは戸惑いながらも、今の自分の状態ではまともに話せないと思ったのだろう。うなずいて了承を示した。

「もう行っちゃうの？」

ドロシーがルーナの袖を掴み、顔を見上げて訊く。その様子に後ろ髪を引かれつつも、ルーナはコクリとうなずいた。

「ごめんね。他の患者さんのところにも行かないと」

その言葉に、ドロシーはハッとしたようにルーナの袖を離した。

「ごめんなさい、お姉ちゃん。皆を早く治してあげてね」

いくら兄が目覚めたとはいえ、また何か起こるのではないかという不安があるのだろう。それでも、他の人たちも助けてほしいという思いから、このような言葉が出たのだ。

そんな健気《けなげ》なドロシーに、ルーナも去り難《がた》くなってしまう。

すると、ルーナの後ろに避難していたシリウスが、自分からドロシーに近づいた。

「しぃちゃん、ついていてくれるの？」

ルーナが訊くと、シリウスは「わふっ」と小さく吠える。どうやら、ルーナが再び訪れるまでここに残ると言いたいようだ。

「ドロシーちゃん、わたしたちが次に来るまで、しぃちゃんといてくれる？」

「いいの？」

「ええ。お泊まりさせてもらえると嬉しいわ」

「うん！　一緒に寝る！　それから、またおままごとする！」

（あ、それはほどほどに……）

なんとも言えないシリウスの顔を見て、ルーナは心の中でつぶやいた。

「じゃあ、ドロシーちゃん、またね」

「うん。皆を治してあげてね、お姉ちゃん」

「はい、かしこまりました」

ルーナは、ドロシーの両手を握ると、おどけるように言ったのだった。

ドロシーとケネスの家を後にしたルーナたちは、さっそく奇病の患者たちを回る。

形だけとはいえ、さすがに短剣で刺すという刺激的な場面は見せられないため、家族の立ち会いは遠慮してもらった。

ここ数日治療に尽力したルーナの言うことだからと、大きな衝突もなく、家族は皆納得してくれたのだ。

こうして、奇病の恐怖は海沿いの集落から消え去ったのだった。

†

奇病を治して数日後。

ルーナたちは、アンセルの港に来ていた。

大型船が来港するような港ではなく、古びた桟橋《さんばし》の横に、何艘《なんそう》かの小船が繋《つな》がれている。

ルーナたちが近づいていくと、その中の一つの船で作業していた男が、「おーい」と片手を大きく振った。

「あ、ボブさーん」

相手を確認し、ルーナは同じように手を振る。

船まで近づくと、ボブはニッと笑って言った。

「準備は万全、いつでも出発できるぞ」

「わぁ、ありがとうございます！」

「助かる」

「よろしくお願いします」

リュシオンとカインが続けば、ユアンとフレイルは黙礼だけ返す。

「いいってことよ。あんたらは俺たちの恩人だ。こんなことくらい朝飯前ってやつさ」

ボブはそう言って、皆を船に誘導した。

船は、細長いボートに帆をつけた小型のものである。本来は三、四人で漕《こ》ぐものらしいが、ルーナたちには必要ないため、ボブだけが案内として乗ることになっていた。

「じゃあ、出発するか……」

ボブは、繋《つな》いでいたロープを外すと、おそるおそる櫂《かい》を漕《こ》ぐ。すると、それを嘲笑《あざわら》うかのように、するすると勝手に船が進み出した。

それは、フレイルの契約精霊である風の精霊によって動いているのだ。

魔法を見たこともなかったボブには、魔法なのか、精霊によるものなのかなどわかるはずもない。

大事《おおごと》にならないように、魔法で船を動かすとボブには説明している。

(申し訳ないけど、フレイが精霊使いなのは公《おおやけ》にしない方がいいしね)

ルーナはそんなことを思いながら、海風に目を細める。その眼差しには憂《うれ》いが見えた。

(風姫さんたちは、どうしてるんだろう……)

同じ精霊であるルーナの守護者たち。いまだ姿を見せず、呼びかけにも応えない。彼らが心配で、ルーナの心は曇る。

(だめだめ。わたしが無事を信じないでどうするの。皆の帰りをどーんと構えて待ってないと)

ルーナは自分に言い聞かせると、穏やかな波に視線を移した。

今回、彼女たちがこうして海に出ているのは、何も遊んでいるわけではなかった。

それは、目覚めたケネスによって語られた話が理由だった。

ヴィントス皇国の皇弟であり、フレイルの伯父であるユーリスは、このケネスから不思議な武器の話を聞いていた。

それについてケネスに尋ねたところ、その武器があるというのが、漁師たちも滅多に向かわない、とある小島だったのだ。

距離は港からさほど離れておらず、危険な潮流があるわけでもないが、現地の人は近寄らない島だという。

何故ならば、昔から夜になると大量の鬼火が舞うなど、不可思議な目撃情報が絶えないからだった。

そのためアンセルの漁師たちは、島に行けば祟《たた》られると信じている。

そんないわくもあり、ケネスが自ら案内すると言ってくれたのだが、病《や》み上がりの彼に無理をさせるわけにはいかなかった。

そこで代わって申し出てくれたのが、このボブというわけだ。

「自分たちで漕《こ》いで行くより、こりゃあ早く着く」

勝手に進む船に、ボブは苦笑しながら肩を竦《すく》める。

「どれくらいで着きそうだ？」

リュシオンが尋ねると、ボブは「うーん」と唸《うな》りながら答えた。

「普段は二時間から三時間くらいの距離だから、この調子だとあと一時間も経たずに着きそうだ。今日は海も穏やかだしな」

ルーナたちは、その言葉に前方を見つめる。

今はまだ前方には海が見えるだけだ。ルーナはまだ見ぬ島に思いを馳せながら、ケネスの言葉を反芻《はんすう》した。


——島の北側に、古い廃墟跡がある。その先に洞窟があって、奥に祭壇のようなものがあったんだ。そこには大きな透明な玉が浮いてて、その中に武器と思《おぼ》しきものが入ってた。手を伸ばしてみたら、火傷《やけど》みたいな痛みが走ったんだ。それだけじゃなくて、部屋中に何百っていう鬼火まで現れた。それで怖くなってすぐさま逃げ出したんだ。


というのが、ケネスの話だった。

彼は、この話をユーリス以外の誰にもしたことがなかったらしい。

祟《たた》られると評判の島での出来事だ。怖いもの見たさで島に行った。そんな話をおいそれと言えるはずもなく、また彼自身が祟《たた》られたと噂になりかねない危険もあった。そうなれば、家族にも迷惑がかかる可能性がある。そうした事情と、自身の恐怖もあって、他の住人には話さなかったのだ。

ユーリスに話したのは、彼が地元の人間ではなく、すぐに去って行く旅の者であること。また、様々な知識や経験があり、各地で体験した不思議な出来事を語っていたため、この現象の原因がわかるかもしれないと考えたからだ。

当然ユーリスも島に行きたがったが、それから数日酷い嵐が続いたため、滞在期間中に向かうことができなかった。

今回、ルーナたちは、ボブには島に行きたいとだけ伝えている。

漁師たちが恐れる島だ。当然ボブも顔を顰《しか》めたものの、相手が恩人であるため、案内と船を出すのを請け負ったのだった。

そんな事情をルーナが思い出していると、前方に島が見えてきた。

だんだんと白い砂浜が姿を現し、その後ろに青々とした木々の繁《しげ》みが確認できる。

しばらくすると、砂浜に船が到着した。

「本当に、俺は待っていればいいのか？」

「ああ。ボブはここで待っていてくれればいい」

「わかったが、なるべく早く戻ってきてくれよな」

リュシオンの返事にボブは辺りを見ると、不安そうにつぶやいた。

まだ昼にも満たない時間で、上を見れば雲一つない青空が見えている。天候が崩れるなど不穏な要素はまったくないが、不気味な噂のある島にいるということだけで、ボブは落ち着かないのだろう。

（一人で残されたくないんだろうなぁ……でも、ついてきてもらうわけにもいかないし、ごめんなさい！）

ルーナは、心配そうに自分たちを見送るボブへ、心の中で謝るのだった。

島は、一時間もあれば一周できてしまいそうなほどの小ささだ。

しかし、人の手が入っていないため、道らしきものは何もなかった。そのため、ケネスの言葉を頼りに、とにかく生い茂った緑をかき分け北へ向かうしかない。

森の中に入り、ルーナは持っていたバスケットから、シリウスとレグルスを出した。ボブにしてみれば、昼食でも入っていると思っていたことだろう。

カインとユアンが先頭を行き、ルーナとシリウス、レグルスが続き、一番後ろをリュシオンとフレイルが固めて進んで行く。

一行は、低木の繁《しげ》みをかき分け、方位磁石を頼りに北へ向かっていた。

(原生林を進んでいくみたいなものだから、時間はどうしてもかかっちゃうよね)

ルーナは、辺りを見渡してそんなことを思う。

そうして三十分ばかり進むと、唐突に視界が開《ひら》けた。

「わぁ……」

見えた風景に、ルーナは思わず歓声をあげる。

目の前には、真っ青な海が広がっていた。どうやら、彼女たちがいるのは、小高い丘の上のようである。

「もうこの辺は、島の北側みたいだな」

「そうですね。となると、次は廃墟跡ですか……」

リュシオンに続き、カインは辺りを見渡しながらつぶやく。

ケネスが言っていた目印は、島の北側にある廃墟跡だ。

「廃墟跡ってことは、建物はもうないのかな？　土台だけとか」

ルーナは、前世の記憶を呼び起こす。

千幸だった彼女が住んでいた町には、いわゆる城趾公園というものがあった。戦国時代の有名武将の城があった場所である。

とはいえ建物は影も形もなく、城の痕跡を示す石垣だけが残っているというものだ。

そのイメージがあったため、ルーナは建物がすでにない可能性を考えたのだった。

「どうだろうな。そもそも規模もわからないし」

フレイルは、そう返しながら周囲に目を配る。そして、ふと動きを止めた後、おもむろに歩き出した。

「フレイ？」

訝《いぶか》しんだルーナと二匹が後を追うと、明らかに人工物と思われる四角い巨石があった。

それは建物の床の一部のようで、よく見れば土に埋もれるようにして、あちこちにそうした石が散らばっている。

「皆、これを見て！」

ルーナが叫ぶと、他を見ていた三人が近寄ってきた。

全員で辺りを確認していると、今度はユアンが声をあげる。

「こっちに洞窟があるよ！」

皆で向かってみれば、目の前にはツタで覆われた洞窟の入り口があった。

「それっぽいね」

「ああ」

ルーナのつぶやきにうなずき、リュシオンはツタのカーテンを払って中に足を踏み入れる。

奥は真っ暗になっており、奥行きがどのくらいなのか見当もつかない。

『ラ・セル・デ』

リュシオンの後に続いたフレイルが、〈照明《ライティング》〉の魔法語《マジックスペル》を唱えた。途端に、ぼんやりと洞窟内が明るくなる。

入り口近くは土が覆い、壁や地面は苔《こけ》に覆われていた。奥に向かうにつれて、壁は石を積んだものに変わる。

どうやら、この洞窟も人工のもののようだ。

奥行きは思ったよりなく、十メートルも進むと広い空間に行き着いた。

教室一つ分ほどの部屋は、壁、天井、床すべてが石のブロックで整えられている。柱の類《たぐ》いはなく、奥に祭壇のような白い石櫃《せきひつ》が置かれている。

そして、石櫃《せきひつ》の上には、緑色を帯びた光を放つ透明な球体が浮かんでいた。

「あれか……」

リュシオンは、ツカツカと奥へ向かう。その迷いのない足取りに、ユアンが慌てて声をかけた。

「リュシオン、罠があるかも！」

「大丈夫だろ？　ケネスもあれに触るまでは何もなかったと言っていた」

そう言ってリュシオンが指差したのは、石櫃《せきひつ》の上に浮かぶ球体だ。

彼の後を追った一行は、石櫃《せきひつ》の前で足を止める。

近くで見ると、球体の中にはケネスの証言通り、二つの棒状の何かが入っていた。

一つは一メートルほどの、僅《わず》かに反った形のもの。もう一つは、その半分ほどの長さのものだった。

柄《つか》と木製の鞘《さや》が確認できたことから、皆が刃物だと認識する。

「これは、剣か？」

「そのようですね。ですが、初めて見る形です」

リュシオンのつぶやきに、カインが答える。

そんな中、ルーナは唖然とした様子で、球体の中の武器をじっと見つめていた。

(これ……刀だよね？　あと、脇差し？)

鞘《さや》があるため刀身は見えないものの、その独特の形は、ルーナが前世で見知っている武器だった。

長い方が本差しで、短い方が脇差しといったところか。

「鞘《さや》から抜いてみないと確認できないな……」

「これは、なんでしょうね」

「結界とは違うみたいだ」

「ガラスみたいだけど、ガラスは光らないし」

ルーナ以外が、球体を眺めながら意見を交わす。

ただケネスの話から、触れれば何か起こる可能性があるため、手を出す者はいない。

「ふむ。これは珍しい」

「しぃちゃん？」

「この珠は、魔石を加工して作られている」

シリウスの言葉に、ルーナはまじまじと緑色を帯びた透明な球体を見た。

「魔石を？」

魔石とは、魔力を帯びた石を指す。特に宝石によく見られ、装飾品としての価値と合わさって高価なものだ。

魔道具《マジックツール》には、主に動力源として使われることが多い。

「ガラスと魔石を砕いたものを混ぜ合わせ、これを作り上げたようだ」

「なるほど、砕いた粉か」

レグルスが続いて説明すると、リュシオンは感心しきりだ。おそらく帰国した後、魔道具《マジックツール》研究者たちにその技術を分析してもらおうと思っているのだろう。

フレイルは、そんなリュシオンに呆れた様子で口を挟んだ。

「で、これに触れると、なんか出てくるんだろ？」

「ケネスの話ではそうだな」

「やっぱり罠かな。でも、神宝を見つけて持って帰らないと話にならないし」

この謎の刃物が、ルーナやフレイル、コットの持つ神宝と同じ武器であること。また、そこから神域にいるかのような清浄な気配を感じること。

それらを考えると、これが神宝であるのは間違いない。手に入れるのは必須だ。

「とりあえず、何が起こるか試してみるか？」

フレイルはそう言いながら、球体に手を伸ばす。だがそれを、ルーナが焦った様子で止めた。

「いやいやいや、何があるかわからないんだよ？　危ないじゃん！」

「ルーナの言うことももっともだが、持ち帰るなら触らないといけないしな……」

悩むリュシオンに、カインがふと思いついたように言う。

「でも、神宝を閉じ込めているくらいですから、悪いものではないですよね？」

「確かに……」

ルーナは、それもそうだとうなずく。

ケネスの話や、漁師らが祟《たた》られる島だと思っているという話から、なんとなく悪いものという先入観があったのだ。

しかし、球体に守られているのが神宝だと考えれば、悪《あ》しきものが現れるというのには違和感がある。

「……触ってみる？」

おずおずとルーナが訊くと、他の者たちは顔を見合わせた後、ゆっくりとうなずいた。

「じゃあ、俺が」

手を伸ばしたままだったフレイルが、言うが早いか球体に手を触れる。

「だ、大丈夫？」

恐る恐る尋ねるルーナに、フレイルは「ああ」とだけ短く応えた。彼からは、苦痛に耐えるといった様子は見られない。

「……何も起こらないな」

数秒そのままでいたものの、球体に触れたフレイルに変化はなかった。

「どういうこと？」

首を傾げたルーナは、何気なく手を伸ばす。

「おい、ルーナ！」

フレイルが叫ぶが、ルーナの手が球体に触れる方が早かった。

皆が息を呑んで見守るが、ルーナにも変化はない。それに全員が安堵した時、唐突に変化が起こった。

ただしそれは、球体やそれに触れているルーナにではない。

薄暗かった室内に、ポッ、ポッといくつもの鬼火が現れる。

「火の玉!?」

日本語らしい表現で、ルーナは叫んだ。その間にも、鬼火は次から次へと増えていく。

超常現象としか思えない光景だが、ルーナは不思議と怖さを感じなかった。観察するように、周囲の鬼火をまじまじと見る。

「これ、炎じゃなくて、蛍の光みたいだね？」

ゆらゆらと揺れる光は、炎というより、夜に見る蛍の光のようだ。

ルーナの言葉で、皆もじっと鬼火を見つめる。

そんな中、シリウスが告げた。

「これは、生まれたばかりの精霊だ」

「うむ。まだ自我はないが、危険なものではないぞ」

レグルスが付け足し、ルーナは改めて周囲を見渡した。

「精霊、なんだ……」

「いや、おかしいだろ」

「リュー？」

声をあげるリュシオンに、ルーナは不思議そうに顔を向ける。

「精霊だぞ？　おまえたちならともかく、俺やカインにまで見えるのはおかしくないか？　いや、カインは見えてないのか？」

リュシオンは確認するようにカインを見る。すると彼は、戸惑った様子で口を開いた。

「それが、僕にも見えています……」

「生まれたばかりの精霊ならば力も弱いのだろう？　何故そんな微弱な存在を、俺たちが認識できるんだ？」

リュシオンとカインは、風姫たちが自分を見えるようにした状態でしか、その姿を認識できない。

精霊使いの資質があるユアンはともかく、彼らが精霊を、それも生まれたばかりの弱い精霊を見られるはずはないのだ。

疑問符を浮かべるリュシオンたちに、聖獣たちが何でもないことのように答える。

「おそらく、この珠のせいだな」

「これ？」

「魔石を加工したものだとシリウスも言っていただろう。それが精霊を誰にでも認識させるよう作用している可能性はある。もしくは、精霊自体を生み出しているのかもしれん」

「うむ。それはあり得るな」

「あり得るの⁉」

目を丸くするルーナに、レグルスが重々しくうなずいた。

「精霊は自然の気より生まれる。その珠には、同じような純粋で強い気が閉じ込められているのだろう。それに、この場には神の息吹《いぶき》を感じる。それゆえに本来見えぬはずの者にまで見えたのかもしれぬな」

「神の息吹《いぶき》……つまりここも神域ってこと？」

「うむ。あるいはそれに近いもの、だな」

ルーナの推察に、シリウスはあっさりとうなずいた。

「驚いたけど……精霊さんってことは、火の玉《あれ》は害のあるものじゃないんだ……なら、あとはこの球体からどうやって神宝を取り出すかを考えればいいんだね！」

精霊だとわかってしまえば、おびただしい数の鬼火のような光も驚くものではない。もともと恐怖を感じていなかったルーナは、球体とその中の神宝に目を向ける。

「ルーナの言う通りだな。しかし、これは壊せるのか？」

リュシオンは、球体をこぶしの背でコツコツと叩く。

「とりあえずやってみるしかないですね」

カインはそう言うと、自分の剣を抜く。

皆が距離を取ったところで、彼は構えた剣を球体に向けて振り上げた。

――ガキンッ
硬い音と共に、カインの剣が弾かれる。

かなり強い力でぶつかったはずの剣と珠だが、珠の表面に傷らしいものはなかった。

「硬そう……」

「実際、硬いですね」

ルーナのつぶやきに、カインは苦笑で答える。すると今度は、リュシオンが前に出た。

「なら、俺が」

言うが早いか、リュシオンは無詠唱で風魔法を球体に放つ。

ゴォォッと音を立てた風の塊《かたまり》が、その勢いのまま球体にぶつかった。しかし、それは衝突の瞬間に爆散する。

「これもだめか……」

リュシオンは、悔しげに首を振った。

その時、ルーナの足を、シリウスがちょんちょんと前足でつついた。

「なに、しぃちゃん」

「あれも魔力だ。おまえのロッドなら、その力を吸収できるのではないか？」

「あ！」

シリウスの言葉に、ルーナは慌ててロッドを取り出す。

あの硬さが防御魔法のようなものと考えれば、それを維持する魔力が魔石ということになる。ならば、魔石の魔力を奪ってしまえば良いのだ。

「それなら、俺の短剣も役立ちそうだな」

ルーナのロッドで魔力を吸収し、フレイルの短剣でそれを破壊する。それならば、この珠を壊すことができそうだ。

ルーナはロッドを手に、珠の前に立つ。そして隣にフレイルが立つと、ルーナはすぅっと息を吸い込んだ。

「えいっ！」

可愛らしいかけ声と共に、ルーナのロッドが球体に当たる。

次の瞬間、ロッドが光り輝き、その光が広がって球体全体を包み込んだ。

しばらくしてルーナは、横に立つフレイルに声をかける。

「フレイ、お願い」

「おう」

了承すると、フレイルは右手に持った短剣を振り下ろした。そのまま、短剣の刃が球体に突き刺さる。

途端、シャボン玉が弾けるように、球体を形作っていた緑色の殻が四方八方に散った。風の元素からできたものだったのだろう、球体の欠片《かけら》は小さな竜巻となって消える。

球体は壊れたものの、中の神宝は宙に浮いたままその場にあった。

「これで触れそうだな」

そんなことをつぶやき、リュシオンは宙空《ちゅうくう》の刀に手を伸ばす。その指先が本差しの方に触れようとした時、パチンッと小さな稲妻が走った。

「痛ッ」

すぐに手を引いたリュシオンを見て、ルーナは青ざめる。

「リュー、大丈夫？」

両手でリュシオンの手を取ったルーナは、そこに傷がないことにホッとした。

「怪我はしてないみたいだね」

「ああ。悔しいが拒否されたってことか。この神宝は、今までの奴より選《え》り好《ごの》みが激しいみたいだな」

フッと笑ったリュシオンは、ユアンとカインを見る。

「次はおまえらだ」

「うぇえ、ぼ、僕もですか？」

リュシオンの視線を受け、ユアンは上擦《うわず》った声で訊いた。

「当たり前だろう。まぁ、俺はカインだと思うがな」

「僕もそう思います。というか、僕は剣と相性が悪いんですよ……」

ユアンは、情けない顔で肩を竦《すく》める。

（そういえば、ユアン兄様って剣術苦手だったよね。めちゃくちゃに振り回して味方も攻撃するから、長剣は持たないでくれってジーン兄様に懇願されてたような……味方を攻撃って）

リュシオンもそれを思い出したのか、軽く目を逸らした。

「あー、じゃあカインだな」

「はい」

カインは珍しく、ワクワクした様子で前に出る。

剣を得意とする彼は、見たこともない異国の剣に興味津々《きょうみしんしん》だった。

小さく深呼吸すると、カインはそっと本差しに手を伸ばす。あと数センチで指先が触れる、その時、不思議なことに二振りの刀が小さく震えた。

「えっ？」

驚くカインをよそに、刀はゆっくりと宙を動き、両手を出していた彼の手の中に収まった。そして、壊れた球体と同じ緑の光が、カインを包み込む。

しばらくして光が収まると、カインは晴れやかな顔で告げた。

「どうやら、僕を認めてくれたようです」

「ははっ、さすがだな！」

リュシオンは笑いながら、カインの肩を叩く。そして、好奇心を隠さずに、カインの手にある刀を見た。

「で、これは武器、でいいんだろ？」

「ええ」

カインはそう言うと、脇差しを自分のベルトに固定してから、本差しの方を鞘《さや》から抜く。

キラリと光る銀の刀身には、波のような模様が見える。

（日本刀って綺麗だよね……）

その厳《おごそ》かな美しさに、ルーナのみならず、全員が目を奪われる。

「どうやらこの剣は、カタナと言うらしいです。斬ることに特化したもののようですね。フレイルの神宝のように、魔力や瘴気《しょうき》を斬ることもできそうです。使いこなせれば、何か発揮できる力があるのだと思いますが……」

「そうか。これでかなりの戦力アップだな」

リュシオンは、満足そうにうなずいた。

この神宝を求めて、遠いキルスーナ公国まで来たのだ。紆余曲折《うよきょくせつ》はあったものの、ようやく目的を達せられて嬉しくないはずがない。

「あまり長居するのは良くないだろう。神宝の性能を調べるにせよ、とりあえず持ち帰ってからに

しよう」

フレイルの提案に、皆、表情を引き締めて首肯した。

今回、神宝を手に入れるまでが大変だったが、この国に来てからは妨害などはない。それが、なんとはなしに全員の不安を煽《あお》っていた。

(奇病が魔族の妨害かもしれないし、何もなかったわけではないんだけど……もちろん、何もない方がいいけどね)

漠然とした不安をルーナが感じていると、唐突に周囲の光が明滅し始めた。

「な、何!?」

動揺するルーナを囲うように、皆が立ち塞《ふさ》がる。

そんな彼女たちの目の前に、周囲の鬼火より明らかに大きく眩《まぶ》しい光が現れた。

緊迫した空気の中、光は緩《ゆる》やかに収縮し、だんだんと弱くなっていく。

ルーナたちがその様子をじっと見つめていると、光はさらに小さくなり、その形を変えた。

そうして光の中に現れたのは、小さな人。

背中に蝶のような緑の羽根を生やした、二十センチほどの人形のようなそれは、ルーナが知る妖精そのものに見える。

「妖精さん……?」

思わずつぶやいたルーナの声は、驚愕している他の人には聞こえなかったようだ。

「中位精霊か……どこから現れたかはわからないが、酷いな……」

フレイルの暗い声に、ルーナはハッと我に返る。

可愛らしい妖精そのものの見た目をした精霊には、よく見るとあちこちに痛々しい黒い痣《あざ》が見られた。その綺麗な羽根も、一部がちぎれている。

「どうしてこんな……」

人や動物など、さまざまな形を取る精霊たちを、ルーナは見てきた。

しかし、このような黒い痣《あざ》があちこちに見られるような、酷い状態の精霊に逢ったのは初めてのことだった。

人に例えるならば、この精霊は大怪我をしているといって良い。

「はっきりはしないが、小さな人影みたいなものは見えるな」

「僕も同じです」

リュシオンの説明に、カインが同意する。

本来この二人は、精霊側の働きかけがなければ、その姿を見ることはできない。ぼんやりと視認できているだけでも驚きだが、それも神宝の封印が解かれ、珠の効果が薄れたためなのだろう。

「この場所のせいかな……僕にもはっきり女の子の姿が見えるよ」

「ユアンはしっかり見えるか。やっぱりおまえは才があるんだろうな」

フレイルはユアンに言うと、改めて満身創痍《まんしんそうい》の精霊に向き直った。

「おまえは何者だ？　どうしてそんな姿をしている」

『あたし……知らせたくて……お願い、助けて』

精霊の言葉に、ルーナはフレイルと顔を見合わせる。

あまりに唐突な懇願に、二人とも困惑していた。

「どういうことなの？」

ルーナが優しく問いかけると、精霊は苦しげな様子で続ける。

『我らが王、助けて』

「王!?」

ルーナの声が真剣味を増す。

精霊が指す王とは、精霊王。

緑を纏《まと》うことから、この精霊は恐らく風の精霊。その王となれば、それはルーナの守護精霊でもある風姫に他ならない。

「風姫さんなの？　ねぇ、風姫さんがどうしたっていうの!?　無事なの!?」

ルーナは顔色を変え、小さな精霊に詰め寄る。

風姫たちが姿を見せないのは、彼女たちの事情があるから――そう信じて待っていたルーナ。

しかし、精霊王である風姫が大好きなルーナのもとへ訪れることができない事情となれば、そう簡単なものではないことも薄々わかっていた。

それでも手がかりもなく、なんの手立てもない状況でルーナができるのは、『信じて待つ』のみだった。

そんな風姫たちの事情を知ると思われる精霊が現れたのだ。それまで取《と》り繕《つくろ》っていた冷静さなど、一瞬で消え失せてしまうのも当然だ。

「ねぇ、教えて！　風姫さんたちは……」

さらに詰め寄るルーナを宥《なだ》め、フレイルが代わって精霊に尋ねた。

「精霊王がどこにいるか知っているんだな？　助けが必要というのは、いったいどういうわけだ？」

『王は……ぐっ……王は……』

精霊が何かを告げようとするが、その度に喉を掻きむしり、苦悶《くもん》の表情で呻《うめ》く。その様子から
ルーナたちは、精霊がなんらかの制限により話すことができない状況なのだと察した。

無理をしてでも聞き出したい気持ちはある。しかし、満身創痍《まんしんそうい》でありながらも、苦痛に耐えて訴
えようとする精霊に、これ以上無理はさせられなかった。

「いったいどういうことなの……」

思わず零《こぼ》れたルーナのつぶやきの後、はぁはぁと息を荒らげながら、精霊が告げる。

『王は……ま、ぞく……に……きゃあぁぁっ』

なんとか言葉を絞り出した途端、精霊は悲鳴を上げて蹲《うずくま》った。

「魔族……」

皆を代表するように、ユアンがつぶやく。

しばらくの間、沈黙がその場を支配した。

ルーナは苦しむ精霊の背を撫でさすりながら、おずおずと口を開く。

「風姫さんは、魔族に捕まっているということ？」

しかし、精霊はそれ以上話すことはなかった。というより、話すことが困難なほど衰弱していたのだ。

精霊の様子を哀れみつつ、シリウスが声をあげる。

「精霊たちの現状はわからんが、魔族が関係しているのは確かだろう。それに、中位とはいえ精霊に枷《かせ》をつけるなど、只人《ただびと》には無理だ。精霊使いでも難しい。もっとも精霊使いであれば、自らの契約精霊に枷《かせ》をつけようとする者などいないだろうが」

「だが、いくら魔族だとしても、精霊王をどうにかするなどできるのか……」

リュシオンの疑問に、皆が再び沈黙した。

精霊はこの世界に存在する、火、風、地、水という四大元素から生まれるもの。

精霊と契約を結んだ精霊使いは、彼らを媒介に自然界の力の一端を借りて事象を起こす。

それゆえ、精霊の格にはよるものの、精霊使いは自身の魔力を糧《かて》にする魔法使いより強い力を操《あやつ》れるのだ。

しかし、そんな精霊の頂点である精霊王をもってしても、魔族は手強い存在だった。

契約者であるルーナが未熟ということも多分にあるとはいえ、その力を押さえ込まれたことがあるのは事実だ。

とはいえ、本当に魔族が精霊王を無力化などできるのだろうか。

信じ難《がた》いが、実際にこの精霊は、風姫たちの危機を命がけで知らせに来ているのだ。

「こんな状態の精霊に、これ以上無理を強いるのは酷だ」

できるならもっと詳細を聞きたい――そんな様子のリュシオンに、フレイルは首を横に振る。

息も絶え絶えな様子が落ち着いたものの、酷く衰弱していることに変わりはないのだ。

「わかった。俺にははっきり見ることができないが、そんなに酷い状態なんだな？」

「うん、酷いよ。いったいどうしてこんな状態に……」

はっきりと精霊の状態が見えるがゆえに、ルーナは痛ましさで顔を歪《ゆが》めた。同じく痛ましそうな顔で、ユアンはそっと指先で精霊を撫でる。

「魔族が関わっているのだとしたら、それが原因なのかな……」

「この黒い痣《あざ》は穢《けが》れのせいか、あるいは枷《かせ》に抵抗したためか。こうなると、呪いに近いのかもしれないな」

（呪い……）

フレイルの言葉に、ルーナは胸元でギュッとこぶしを握りしめた。

思い出すのは、ネイディアがリュシオンやカインに施《ほどこ》したもの。

精霊に同じような禁忌《きんき》の魔法をかけたのなら、特定の事項について話せないのも納得できた。

（でも、呪いなんだとすると、子猿ちゃんたちのところでなら……）

ルーナはハッと思い当たると、その考えを皆に告げる。

「あそこならば、ここより清浄な気に満ちている。少なくとも、悪いことにはならないだろう」

「我らも力添えする。今度は神宝も揃っているしな」

シリウスとレグルスに後押しされ、ルーナはしっかりとうなずいた。

しかし、フレイルだけは眉間に皺《しわ》を寄せ、重々しく口を開く。

「確かに神域に行けば、この精霊も回復するかもしれない。だが、ここまで酷い状態では、連れていく間に何があってもおかしくないぞ。そもそも、ここを出ただけで耐えられるか……」

「そんな……」

呆然とするルーナに、フレイルは厳しい顔で首を横に振った。

「何か、方法は……」

「ないこともない」

「あるの!?」

ルーナはフレイルに詰め寄る。

そんなルーナを宥《なだ》めつつ、フレイルは精霊に声をかけた。

「君は、この中の誰かと契約を結ぶ気はないか？」

『契約……』

「契約者から力をもらえば、外に出られるくらいの力は回復するだろう」

『する……王を助けたい……まだ消えるわけ、いかない』

「わかった。俺と契約するか？　それとも……」

フレイルが自分を指し、そしてルーナを示そうとしたところで、精霊はゆるゆると羽根を動かして、ユアンの肩に乗った。

『この人が良い』

「ええ⁉」

まさか自分が選ばれるとは思っていなかったのか、ユアンは目を丸くする。

そんな彼をよそに、精霊は甘えるようにユアンの頭に身体を凭《もた》れかけさせた。

「ユアン兄様と相性が良いんだね」

「ああ。ユアンの方にも否はないよな？」

「え、ああ、もちろんだよ！」

精霊使いの資質はあると言われていたが、はっきりと見えたのは今回が初めてなユアン。

しかも、精霊の方から契約を望まれたのだ。嬉しくないはずがなかった。

「ユアン、契約を」

「わ、わかった」

フレイルに急《せ》かされ、ユアンは肩に乗った精霊に、自分の手を近づける。

すぐにその手に移った精霊。彼は、手のひらを正面に持ってくると、小さな精霊としっかりと目を合わせる。

「僕の精霊になってくれる？」

『嬉しい、ご主人様。あたしの名は――。真の名をもって、あなたに仕えましょう』

その途端、ユアンと精霊が同時に光に包まれた。

どうやら契約は、無事に結ばれたようだ。

「兄様、よかった」

「ありがとう、ルーナ。僕も精霊使いになれたんだね」

ユアンは手のひらに乗る精霊を見て、嬉しそうに笑った。そんなユアンにフレイルが提案する。

「ユアン、その精霊に呼び名を与えてやったらどうだ？」

「えっ？」

「真名《まな》はおまえだけが知っているものだ。だが、呼ぶのに名がないのでは不便だろう」

「そうだね……うーん」

フレイルの指摘に、ユアンは精霊をまじまじと見つめて考え込む。

それに合わせてか、精霊までもがコテンと首を傾げるのが可愛らしい。

精霊の身体中に残る黒い痣《あざ》は痛々しいが、先ほどまでの苦しげな様子は消えていた。契約によって、ユアンから力をもらえたことで、負担がだいぶ和《やわ》らいだのだろう。

「僕、あんまりこういうセンスがないんだよなぁ……」

ユアンは困ったように頭を掻くと、人差し指で精霊の頭を撫でた。

「緑の羽根……宝石みたいな色……そうだ！」

大きく声をあげたユアンに、その場にいた全員が注目する。皆が見守っていると、ユアンは胸を張って告げた。

「エメラルダ。どうかな？」

「宝石のエメラルドから取ったんだね。すごく似合ってる！」

「うん、いいんじゃないか」

ルーナとフレイルからお墨付きをもらい、ユアンはドヤ顔でうなずく。そして、手の中の精霊――エメラルダに尋ねた。

「君の呼び名だよ？　気に入らないかい？」

『エメラルダ。とても良い。ありがとう』

「よかった」

ニコニコと笑い合う主従に、皆がほっこりする。

(兄様とエメラルダの癒《いや》し効果が半端ないんですが！)

「俺にはわからんが、これでこの精霊を連れていっても大丈夫なのか？」

ルーナがほんわかした雰囲気を満喫していると、リュシオンが訊いた。彼とカインには精霊の声が聞こえないため、なんとなくで状況を察している。

もっともこの場の力で精霊の姿をぼんやりとは認識できるため、状況を理解するのもさほど難しくはないようだ。

「大丈夫だと思う」

フレイルが答えると、リュシオンは満足そうにうなずく。

「よし、それじゃあそろそろここを出よう。いつまでも待たせては、ボブが可哀想だしな」

「そうですね。何も知らない彼らにとっては、この鬼火が精霊などとは思いも寄らないのですから」

カインは苦笑すると、手に入れたばかりの神宝を腰に装着する。その姿は、意外にも似合っていた。

「なんか、すごくしっくりくるね」

ルーナが素直な感想を述べると、カインは照れた様子で頬を掻く。

「そうですか？　とはいえ、今はまだ使い方がわかるだけなので、これから鍛錬が必要ですけれども」

「カインなら、きっと使いこなせるようになると思うよ」

「だといいですね」

ここへ来て、神宝を手に入れたカインと、自分の精霊を手に入れたユアン。

単純に戦力がアップしたのは嬉しいものの、それが必要な状況が近づいてきているようで、ルーナはなんとも言えない気持ちになる。

（とりあえずは、クレセニアに戻った後に、子猿ちゃんたちのところかな……風姫さんたちのことは心配だけど、エメラルダが回復しなければ詳細を知ることすらできないんだから）

目の前のことを一つずつ。

まずは、エメラルダの回復だ。それに、ルーナたちの神宝も、神域の神気に触れることで力を増す。

そうすれば、また何か事態が動くかもしれない。

（今は力を蓄《たくわ》える時。辛抱の時だよ）

そう自分に言い聞かせ、ルーナは小さな島を後にしたのだった。

第四章　リーリエの浄化

キルスーナ公国から帰国して一ヶ月。

目的であった新しい神宝は、首尾良く手に入った。

しかし、魔族が関わっていると思われる奇病については、なんともすっきりしない結末を迎えたのだった。

それでも、あれ以上ルーナたちができることはなく、奇病から皆が回復できたことを喜ぶしかない。

そしてもう一つの懸念――精霊王たちの現状を知る、ユアンと契約した精霊エメラルダ。

本当なら、ルーナは帰国してすぐにマルジュ高原の神域を訪れるつもりだった。しかし、エメラルダの症状が呪いだとすれば、複数の神宝は必須だ。そして、その使用者も。

しかし、カインやフレイルに加え、エメラルダの主人であるユアンの都合もつかなかったのだ。

二週間近くキルスーナに出かけていたカインやリュシオンは、その後ずっと政務に追われ、休む間もない。

フレイルやユアンも、ヴィントスからキルスーナに移動し、ようやく帰国できたのだ。休暇は与えられたものの、そこで溜まっている仕事を処理しなければならない状態だった。

契約したおかげでエメラルダの体調が落ち着いているのもあり、皆の都合がつくまでと、マルジュ高原への訪問は延び延びになっていた。

しかし、帰国から一ヶ月が経ち、ようやく皆の都合がついた。

メンバーは、ルーナとユアン兄妹に、リュシオン、カイン、フレイル。そして、王都に滞在中のコットの六人だ。

マルジュ高原へは、王都から数時間。午前中に出発すれば、昼過ぎには到着できる。

滞在は明後日の午後までで、宿泊するのは先日ルーナが大叔母と宿泊したホテルだ。

観光地にある高級ホテルのため、貴族用の部屋がいくつか存在している。

リュシオンとカイン、フレイル、コットの四人は、居間を中心にベッドルームが四室ある部屋へ。

ユアンとルーナは、居間とベッドルームが二部屋の続き部屋を予約してあった。

ホテルに到着後、ひとまず全員でリュシオンたちの部屋に集まる。

十分な広さがある居間は、ちょっとしたパーティが開けるほどだ。ベランダに続く大きな窓からは、高原の景色が一望できる。

もっとも冬の今は、青々とした芝生は枯れていた。今年は暖冬ということもあり、雪がないのはルーナたちにとって幸いだったが。

「冬で残念だったたな」

「確かに。でも、人気のスポットというのも納得ですね。良い景色です」

リュシオンのつぶやきに、カインが反応する。

（そういえば、カインだけは初マルジュかも？）

ルーナが初めてマルジュ高原を訪れたのは、レングランド学院の行事でだった。ユアンとフレイルも一緒だ。その次が先日コットと訪れた時なので、今回は三回目の訪問になる。

一緒には来ていないが、リュシオンもレングランド学院に通っていたため、校外学習で訪れたことがある。

そんなわけで、マルジュ高原に来たことがないのはカインだけだった。

「子猿ちゃんたちのところに行くまでの間も、景色が綺麗だよ。でもまぁ、子猿ちゃんたちがいる場所は別格だけど」

「そうなんですね。それは楽しみです」

ルーナの言葉に、カインは穏やかに微笑んだ。

浮かれているわけではないが、途中の景色を楽しむくらいは許されるだろう。

「出かけるのは明日だし、この辺りを散歩するのもいいな」

「そうですね。ずっと馬車にいたので、少し歩き回りたいです」

「僕も」

「そうだな」

「そやな」

リュシオンの提案に、男性陣が同意する。しかし、彼らと違い体力のないルーナは、明日のことを考えて休むことにした。

「明日のこともあるし、わたしはお部屋で休むよ。あ、でも、しぃちゃんとれぐちゃんはどうする？　皆とお散歩してくる？」

ルーナは、籐《とう》のバスケットから顔を出した、シリウスとレグルスに訊く。すぐに移動になることを考慮し、バスケットから出ないらしい。

「我は後で適当に出かけるから良い」

「うむ。皆がいなくなるのであれば、我らがルーナを護《まも》らねばな」

「いいの？」

「「もちろんだ」」

声を揃える二匹に、ルーナは手を伸ばして頭を撫でる。

「ありがと。じゃあ、わたしたちは部屋に戻るね」

そう言ってルーナは、バスケットを持って部屋を出たのだった。


翌日。

ルーナたちは、皆でホテルを出た。

ホテルの裏手は手入れのされた森が広がっており、そこからマルジュ高原を目指す。

今回は人数が多いため、シリウスやレグルスに乗らず、全員が徒歩で神域まで向かうことにしていた。

森を越え、草原を越え、神域への入り口がある滝に辿り着いたのは、二時間ほど経過したころだった。

「こんなところに入り口があるのか」

「驚きですね」

初めてマルジュの神域を訪れるリュシオンとカインは、滝裏の洞窟を物珍しげに眺める。

(きっとびっくりするね)

神域は常春《とこはる》のため、外とは違って色彩豊かなままだ。

リュシオンやカインにそういった情報を知らせていなかったこともあり、きっと驚くだろうとルーナは悪戯《いたずら》っぽく考えていた。

洞窟の奥、行き止まりに見えるよう偽装した入り口の封印を解けば、一気に前方の景色が変わる。

目に飛び込んでくる色鮮やかな光景に、リュシオンとカインは予想通り目を奪われていた。

「びっくりした?」

笑いながらルーナが尋ねると、二人は苦笑しながらうなずく。

その時、ユアンの前にパッと小さな光が現れた。彼の精霊エメラルダだ。

キルスーナから連れ帰った彼女は、命の危険こそ去ったものの、いまだ弱っている。そのため、ほとんどの時間を眠りに費やしている状態だった。

こうして顕現《けんげん》するのは、実に久しぶりのことだ。

「エメちゃん!」

『ここにいると、力が湧く』

ユアンの肩に乗ったエメラルダは、ルーナに微笑みかける。

「そうなの？　本当に大丈夫？」

心配そうなユアンに、エメラルダはコクンとうなずいた。

『とても調子が良い』

「そっか。ならよかった」

「これなら完全回復が期待できそうだね」

嬉しそうなユアンを見て、ルーナもまた顔を輝かせる。

そんな中、コットがおずおずと口を開いた。

「あー、ルーナ」

「ん？　どうしたの、コットさん」

「いや、またアレに乗ることになると？」

「あー……」

アレが何かを察したルーナは、目を泳がせる。

（どうなんだろ、子猿ちゃんが連れて来るかどうかだし……）

しかし、その答えはすぐに出た。

ドドドッという地響きに目を向ければ、砂埃《すなぼこり》を上げて何かが近づいてきている。

「な……！」

「敵か!?」

ルーナとコット、シリウスとレグルス以外の皆が、何事かと慌てて戦闘態勢を取る。エメラルダに至っては、驚きのあまりその場から消えてしまった。

（まぁ、そうなるよね……）

ルーナとコットは遠い目をしながら、大人しく砂埃《すなぼこり》が近づくのを待った。そうして、あっという間に距離を詰めた砂埃《すなぼこり》の全容が明らかとなる。

「なんだ、あれは⁉」

リュシオンの叫びに、ルーナは「だよねぇ」と顔を引《ひ》き攣《つ》らせた。だがすぐに、抜刀《ばっとう》までした彼らを慌てて止める。

「ちょ、ちょっと待って！　敵じゃないから！　大丈夫だから！」

「そうや。敵やないばい！」

コットの説明もあり、リュシオンたちはひとまず剣を収めた。それを見計らったように、近づいてきたピンクのカバ――ヒポポの群れが彼女たちの前で止まる。

「『ルーナ！』」

先頭のヒポポの頭から、小さな猿が二匹飛び降りてくる。

「子猿たちか！」

「うわぁ、懐かしい」

驚きと喜びの声をあげたのは、フレイルとユアンだ。

一方、リュシオンとカインは、キャイキャイとはしゃぐ子猿姉妹に呆気にとられている。

「懐かしいなのー」

「久しぶりなのー」

子猿たちは、それぞれフレイルとユアンに飛びついた——その顔に。

そう。胸に飛び込むではなく、顔にべちゃっと。まるでSFホラーで有名な、異星人映画の一幕のようだ。

「おい、ルーナ」

「なんでしょう、リューさん」

「あの生き物はなんだ……」

「えーと、神獣さん？」

「なんで疑問形なんですか……」

リュシオンの疑問に、疑問形で答えるルーナ。そんな彼女に、すかさずカインが突っ込んだ。

(だって、子猿ちゃんたちって神獣だけど、神獣らしくないんだもん)

ルーナが心の中で言い訳していると、当の子猿たちが声をあげる。

「新しい子なの」

「二人もいるなの」

フレイルとユアンの顔にへばりついたまま、子猿たちはそれぞれリュシオンとカインを指差す。

「こらこら、人を指差したらだめだよ」

「いや、その前に顔にへばりついてるのを注意したらどうだ」

ルーナの注意に、リュシオンは呆れた様子で指摘する。

「えっと、まぁ、確かに。子猿ちゃんたち、こっちにおいで」

ルーナが両手を広げると、子猿姉妹はキャッキャと笑いながら、飛び移ってきた。そして、ルーナの胸に頭を擦《す》りつける。

「お胸気持ち良いのー」

「気持ち良いなのー」

ルーナも十七歳である。豊かとは言わないが、それなりには成長しているのだ。

「おい、調子に乗るな」

「それは我らのものだ！」

「……いやいや、わたしのだよ？」

くわっと姉妹に向けて牙を剥《む》くシリウスとレグルスに、ルーナが控えめに主張する。

「おい、これ本当に神獣なのか？」

「威厳とか皆無ですが、ルーナがそう言ってますし……」

リュシオンとカインの会話に、他の男三人は苦笑するしかない。

「ルーナ、ルーナ。今日はどうしたなの？」

「遊びに来てくれたなの？　お友達くれるなのー？」

「実は、ちょっと助けてほしいことがあって」

「なになになのー」

「助けるなのー」

（相変わらず軽い……）

子猿姉妹の返事に苦笑した後、ルーナはユアンへ目を向けた。

「ああ、今呼ぶよ――エメラルダ」

ユアンが呼びかけると同時に、その場にエメラルダが現れる。彼女の姿を見て、子猿たちが目を丸くした。

「可愛いなのー」

「ちっちゃいなのー」

（いやそれ、君たちも同じだし）

ルーナが心の中で突っ込んでいると、子猿たちはユアンの両肩に上って、まじまじとエメラルダを見た。

「この子、ばっちぃのがついてるなの」

「ばっちぃのを落とさないとなの」

「やっぱり、呪いなのかな？」

ルーナが訊くと、子猿たちは「うーん」と考え込む。

その特性なのか、子供ゆえの純粋さなのか、シリウスやレグルスよりも、子猿たちの方がこういった感性が鋭いのだ。

「まったく同じじゃないけど、似てるなの」

「同じじゃないけど、嫌な感じは同じなの」

(似てるけど、違う……か。わたしに呪いをかけたのはネイディアだけど、エメラルダのはそうじゃないのかな。でも、似てるってことは同じ魔族によるものなのかも)

ルーナが考え込んでいる横で、ユアンが心配そうな表情で子猿たちに尋ねる。

「これ、なんとかなるのかい？」

「たぶん、なるなのー」

「なるなのー」

子猿たちの返事を聞き、全員がホッと安堵した。

それでも少し不安げに、ルーナは確認する。

「神宝が必要かと思って、今回は四つも持ってきたよ。これなら大丈夫かな？」

「ん。ルーナ、大丈夫なのー」

「また、あそこに行くなのー」

「あそこ……って、あの場所か」

子猿姉妹の言葉に、コットは顔を引《ひ》き攣《つ》らせる。

ルーナの呪いを解くために向かったのは、神域にあるリーリエの花畑だ。その場所自体はとても美しく清浄な場所で、コットとしても再び訪れることができたのは喜ばしい。

しかし、それなりに距離がある場所のため、前回彼はヒポポに乗っての移動を強いられたのだ。

乗り心地は悪くないのだが、その大きさや見た目の厳《いか》つさ、かつ奇抜さなどから、どうしても苦手意識が抜けないのだろう。

そんなコットの内心を、ルーナとシリウス、レグルス以外は、知る由《よし》もない。訝《いぶか》しげにコットを見るばかりだ。

「じゃあ、行くなの」

「どれにするなの」

「どれ？」

「やっぱりかー！」

どういう意味かと訊き返すリュシオンと、天を仰《あお》ぐコット。

正反対の反応をする二人をよそに、子猿たちは先頭にいたヒポポの頭に飛び乗った。

「えっと、わたしはしぃちゃんかれぐちゃんに乗るから」

「うむ。今回は我だな」

ルーナの言葉に、すかさずシリウスが応える。

「ならば帰りは我だ」

レグルスは、言うが早いか姿を小さく変え、ルーナの腕に収まった。

呆気にとられたユアンが、誰とはなしにつぶやく。

「これ、どういうこと？」

「目的地までそこそこ距離があるから、子猿ちゃんたちがいつも足を用意してくれるんだよ」

「ほう……って、それがこれか!?」

リュシオンは、大人しく待機しているヒポポたちを指差す。

のんびりと草を食《は》んでいるヒポポだが、その見た目はピンクのカバだ。それらが十数頭集まっているだけでも、ある意味壮観である。

手を出さなければ大人しそうなことから、あえてリュシオンは気にしないようにしていた。だが、それに乗るとなると話は別だ。

「乗るなのー」

「なのー」

子猿姉妹が告げると、一匹のヒポポがコットに近づいた。

「あれ、おまえ……この前の奴か！」

「ブフォー」

どうやらこのヒポポは、前回コットを乗せていた個体らしい。

それを覚えていて近寄ってきたと思えば、コットも絆《ほだ》されるというものだ。

「またよろしくったい」

パチッと硬い皮膚を軽く叩くと、ヒポポは乗りやすいように身体を伏せる。

（なんか、すごく良い子だ……）

ルーナは、自分の態度を反省すると同時に、今度来た時はヒポポに乗ってみようと密かに決意するのだった。

一方リュシオンたちは、最初こそ面食《めんく》らっていたものの、コットとヒポポのやり取りを見て落ち着いたようだ。

「俺は、こいつにしよう」

「じゃあ、僕はこの子で」

リュシオンとカインが乗るヒポポを決めると、フレイルとユアンもなんとなく相性の良さそうな個体を決める。

ユアンのヒポポの頭には、エメラルダがちょこんと乗っていた。

「出発なのー」

「行くなのー」

子猿姉妹の号令で、ルーナたちはリーリエの花畑へと出発したのだった。

†

リーリエの花畑。

前回訪れた時からは、それなりの時間が過ぎている。

本来なら花が枯れ果てていてもおかしくないのだが、再度訪れたそこは変わらぬ満開の景色だった。

「美しいな」

「本当に……」

初めて見たリーリエの群生地に、リュシオンが感嘆の声をあげる。その横で、カインも景色に見惚れていた。

そんな彼らに微笑み、ルーナはリーリエの花に顔を近づけた。

リーリエの花は白百合そっくりだが、その花は大きく、ルーナの顔とさほど変わりない。

「このお花はね、穢《けが》れを払ってくれるんだよ」

「なるほど、これのおかげでルーナの呪いが解けたというわけか」

「うん」

ルーナは、感心するフレイルにうなずく。そして、ユアンとその肩に座るエメラルダに語りかけた。

「ここなら、きっとエメちゃんの黒い痣《あざ》もなんとかなると思うよ。……ううん、絶対なんとかするから」

『ありがと』

ルーナの決意に、エメラルダは嬉しそうに背中の羽根をはためかせる。

「ねぇ、子猿ちゃんたち。やり方は、わたしの呪いを解いた時と同じでいいの？」

「うーん、やってみるなの」

「やってみるなのー」

「わかった。……あ、でも神宝は？」

ルーナが自分の神宝——短杖《ロッド》を取り出すと、フレイルが短剣を、カインが刀を、そしてコットがチャクラムを手にする。

「すごーい、いっぱいなの」

「おおー、なの」

子猿たちははしゃいだ様子で、皆の神宝を見て回る。

最初に今回初めて見るフレイルの短剣を、次にカインの刀を興味深そうに見た後、すでに知っているはずのルーナの神宝をしげしげと眺める。

「ルーナの、強くなってるなの」

「パワーアップなのー」

「ここで神気を取り込んだからかな？」

「そうかも。フレイルとカインのもまぁまぁなの。でも、コットのはダメダメなのー」

「ちょっと強くなってたのに、また弱くなってるなのー」

「ええ？」

「なんやと？」

ルーナとコットは同時に声をあげ、顔を見合わせる。

ネイディアの呪いを解くため、ここで神宝を使った二人。そのせいか、ルーナとコットの神宝は、前より強い力を放つようになった。

あれからひと月以上経ってはいるものの、ロッドの力が弱まる気配はなかった。

当然、ルーナがそうなのだから、コットも同じだと思っていたのだ。

しかし、子猿たちはコットの神宝に関しては、前より弱くなっていると言う。

「どういうことなの？」

ルーナは不安そうに子猿たちに尋ねる。

神宝は、魔族に対する切り札だ。それが弱まるというのは、死活問題と言える。

「あのねー、この子も、この子も、この子も、ちゃあんと決めてるなの」

姉子猿は、ルーナ、フレイル、カインの神宝を一つずつ指差し、そんなことを言った。

意味がわからず首を傾げる皆に、今度は妹子猿が口を開く。

「この子たちは納得してるなの。でも、この子はしてないなのー」

納得していないと指したのは、コットの神宝だ。

ますます意味がわからないルーナだが、リュシオンが何かに気づいたようだった。

「ひょっとして、神宝が所有者を選ぶというものか？」

「あ……」

リュシオンの指摘に、ルーナはハッとする。

神宝は意思を持つのだ。

そして、自ら主人を選ぶ。

ルーナやカイン、フレイルは神宝に選ばれ、その力を委《ゆだ》ねられている。

けれど、コットは一族に伝わるものとして、それを使用しているだけだ。

「この子の本当の力を引き出したいなら、本当の主人になるなのー」

「本当の主人……俺じゃだめってことか。悔しかばってん、仕方なかね」

「なるなのー」

子猿たちの説明に、コットは肩を竦《すく》める。

ルーナたちと出会い、彼女が神獣を従え、神域に行き来している姿を目の当《ま》たり《あ》にしてきたのだ。

そんな規格外の人物と自分を比べれば、神宝の主人が手に余ることだというのは、コットもよくわかっていた。

「コットさん……」

「もともとこれは、ルーナたちに委《ゆだ》ねるために持ってきたもんや。俺が使わんといけんいうこともなかばい」

「とはいえ、俺たちの誰かが認められるかもわからないからな」

「そうですね。そもそもチャクラムを扱えるかどうか……」

リュシオンの言葉に、カインも思案顔で同意する。

ルーナのロッドやフレイルの短剣、カインの刀は、全員がもともと扱える武器だ。

カインの刀は馴染みのないものだったが、長剣を扱ってきたこと、本人に剣の素養があることから、なんとか使用できる。

しかし、チャクラムという特殊な武器となると、とてもじゃないが誰もが簡単に扱えるものではない。

今この場で、神宝を手にしていないのはリュシオンとユアン。

彼らのどちらかが選ばれることは歓迎だが、特殊な武器を使いこなせるのかは疑問だ。それ以前に、神宝が自身を使いこなせることを前提に主人を選んでいるとすれば、彼らが選ばれる可能性は低い。

極端に言えば、彼らに限定せず、誰彼構わず試してみれば良い。

だがそれをすれば、選ばれた者に魔族のことなどを一から説明し、戦う覚悟を決めてもらわねばならない。また、その人物が信頼に値する者かどうかも重要だ。

「どしたなの？」

「困ってるなの？」

深刻そうなルーナたちの様子に、子猿姉妹はキョトンと首を傾げた。

「神宝があっても、使いこなせないとダメなんだよね……」

「大丈夫なの」

「そんな気がするなの」

「ええ？」

ルーナのつぶやきに、何故か自信満々な子猿たち。だが、「気がする」という言葉から、特に根拠はなさそうだ。

困惑するルーナに、シリウスが声をかける。

「試してみたらどうだ？　こやつらの言うことは、根拠はないが侮《あなど》れないものがあるからな」

「褒められたなのー」

「照れるなのー」

キャッキャとはしゃぐ子猿たちに、レグルスは頭を抱える。

「どこをどう取ったら褒めていることになる……」

「ま、まぁ、試してみるのは大事だよね、うん」

「そうだな。今度こそ……」

「でも、ルーナがまた神宝に選ばれるってこともありそうだよね」

リュシオンが密かに気合を入れる中、ユアンは妹を半目で見て言う。

「いや、さすがにそれはないよ」

すかさず首を横に振るルーナだが、他の皆は「規格外のルーナならあり得るかも」と心を同じくするのだった。

「んじゃ、試してみるか？」

コットはそう言うと、チャクラムを取り出す。

（投擲武器《とうてきぶき》とか、わたしが使えるわけないし）

ルーナはそんなことを思いながら、チャクラムを手にした。

以前にも触れたことはあるが、魔力を通したことはない。

フレイルの神宝で試したように、ルーナはチャクラムに魔力を通す。しかし、神宝はなんの変化もなかった。

（ほら、やっぱり）

何故か胸を張るルーナとは違い、他の皆は驚きの表情だ。

（いやいや、だから神宝二つ扱えるとかないって……）

「次、誰が試してみる？」

「じゃあ、僕が」

カインはルーナからチャクラムを受け取ると、それに魔力を通す。その瞬間、チャクラムではなく、カインの刀が青白く光った。

「ええ⁉」

驚く皆に、カインは苦笑を漏らす。

「えっと、不快だと主張しているみたいです」

「なるほど、目移りするなということか」

「みたいですね」

「へぇ、性格みたいなものがあるのか。じゃあ俺はどうだろう」

そう言いながら、フレイルはカインからチャクラムを受け取った。すぐに魔力を通したものの、ルーナと同じく変化はない。短剣も、何の反応も示さなかった。

「カインの神宝は、嫉妬深いみたいだね」

「嫉妬って……」

唖然とするカインをよそに、ルーナはクスクスと笑う。そして、次にチャクラムを受け取ったのはリュシオンだ。

「できれば俺を選んでほしいものだが……」

そんなつぶやきを漏らしながら、リュシオンは魔力を通す。しかし、彼の期待とは裏腹に、それはなんの反応も示さなかった。

「はぁ、俺じゃダメみたいだな」

「ま、まぁ、リューが選ばれたとしても、チャクラムを扱えるようになるのは大変だったんじゃないかなぁ？」

「そういうことにしておく」

ルーナの慰《なぐさ》めに、リュシオンは苦笑してみせる。

「それじゃあ、最後はユアンだな」

「はい」

『ユアン、頑張って』

エメラルダの応援に笑顔で応えつつ、ユアンはチャクラムを手に取った。

刹那《せつな》、チャクラムが金緑の光を帯びる。

「え、えええ？」

焦ったユアンがチャクラムを落としそうになった時、それが激しい光に包まれた。

あまりの眩《まぶ》しさに、その場にいた全員が目を閉じる。そして数秒の後、光が収まりゆっくりとまぶたを開いた皆は、驚きの光景を目にした。

ユアンが手にしていたのは、チャクラムだったはず。しかし、今彼の手の中にあるのは、その背丈と同じくらいの長さがある杖だった。

先端に円形の飾りがついた長杖《ロングスタッフ》。よく見ると、その飾りは、チャクラムと同じ意匠《いしょう》である。

簡単に言えば、チャクラムの刃部分がなくなり、その代わりに杖部分ができた——そんな感じである。

「え、形が変わった⁉」

ルーナは驚きに目を丸くして、ユアンの持つロングスタッフを見つめた。

「ユアンに合わせたみたいなのー」

「認められたなのー」

驚く皆とは反対に、子猿姉妹はいつもの調子で告げる。

ユアンが持った途端、光を帯びた神宝を見て、それが所有者を決めたことは察しがついた。しかし、チャクラムであったものがロングスタッフに変化するなど、誰も予想しなかったのだ。

「あー、なんか持ち主に最適な形に変化するみたいだね」

神宝の主に選ばれたことにより、その特性などがわかったのかユアンが説明する。

「魔法使いのユアン兄様だから、ロングスタッフってこと？」

「うん。僕に刃物は向かないからね」

「ユアンを選んだか……まぁ、身内で選ばれるなら、それはそれでよかったな」

リュシオンは少しだけ悔しそうに、ユアンの肩を叩く。

自分のものではなかったのは残念だが、ユアンが持つのは理想的と思えたからだ。

「でも、僕が神宝に選ばれるなんてびっくりです。だって考えてみたら、ここにいるほとんどの人が選ばれたってことですよね？　それってすごい確率じゃ……」

戸惑い気味のユアンの言葉に、皆も確かにとうなずく。

「それは当たり前なのー」

「なのー」

「どうして？」

「神宝は自分を扱える人間を選ぶなのー」

「ユアンの魔力はすごいなのー。それに精霊に気に入られるくらい綺麗な魂なの。だからその子が選ぶのは当たり前なの」

「ええっ、僕、そんなすごくはないと思うけど」

ユアンは焦った様子で言うが、ルーナはなるほどと納得する。

ルーナやリュシオンに比べれば、ユアンの魔力量は少ない。しかし一般的に見れば、ユアンの魔力量も十分規格外なのだ。

そして、彼の心が綺麗なのは、妹であるルーナが一番よく知っている。一見、ふわふわとしてお気楽な次男と思われがちだが、長兄の優秀さや、妹の桁外れの力を妬《ねた》むことなく傍にいられるのは、心がとても純粋で、かつ強い証拠だ。

「まぁ、納得かもな。神が俺たちの先祖にくれた宝。ユアンは、これば持つにふさわしか男や」

「コットさん……」

「俺の役割は終わりばい。大事にしてくれな、ユアン」

「はい、もちろんです」

コットの一族の先祖が、神から賜《たまわ》った宝。

それを手放すことを納得しているとはいえ、複雑な思いは湧く。

だが、ユアンの手にあるロングスタッフは、もうずっと彼が持っていたかのような、しっくりした感があった。

(あれこそが、本来の居場所なんやろな)

コットは納得した様子で、ユアンの肩を叩いたのだった。


新たな神宝の主人が明らかになったものの、本来の目的は、エメラルダの呪いを解くことだ。

「ルーナ、この子のばっちぃの早く取るなの」

「ばっちぃの取ってあげるなの」

良くも悪くも空気の読めない子猿たち。

新たな神宝を得たことの感慨に浸《ひた》っている皆へ、そんな言葉を投げかける。

「さすがと言うか、なんと言うか。まぁ、その通りだが」

レグルスは小さな神獣たちを、呆れた眼差しで見た。

そんな中、ユアンが慌てて子猿たちに近寄る。

「そうだよ。早くエメラルダの呪いを解かなきゃ!」

「子猿ちゃんたち、どうすればいいかわかる？」

「ルーナの時と同じなの」

「前より簡単なの」

ふふんと胸を張った後、子猿たちは器用にリーリエの花に飛び移って移動する。

「よさげなのを探すなの」

「おっきくて、綺麗で、力の強いリーリエを探すなのー」

子猿たちは、銘々《めいめい》リーリエを飛び回りながら、そんなことを言う。やがて二人は、一株のリーリエの花の上で止まる。

別々に探し回っていたものの、結局選んだのは同じ花だったようだ。

「これなのー」

「なのー」

子猿たちは花の上で跳びはねると、エメラルダに手招きする。

「ここに来るなのー」

「ここに立つなのー」

エメラルダは、戸惑いながらも花の中央に立つ。それと同時に、子猿たちはその花の上から飛び退き、近くにいたルーナの肩に乗った。

「えいっなの」

「えい、えいっなの」

ルーナの肩の上で、子猿たちが片手を上げて気合を入れる。すると、それに呼応するように、エメラルダが乗ったリーリエの花以外が、スルルと動いて間隔を開けた。

リーリエの花畑の中に、エメラルダの乗った花を中心に円形の広場ができる。

「ルーナはこっちなの」

「ユアンはこっちなの」

ルーナとユアンを、エメラルダを挟んで対面に立たせる。

そして、今度はフレイルとカインを、同じようにエメラルダを挟んで対面に立たせた。

「シリウスとレグルスは、コットとリュシオンと一緒に見てるなの」

「そっちで見てるなの」

「了解だ。コット、俺たちはしぃれぐと見学だ」

「なんか寂しかばってん、仕方なかかね」

リュシオンとコットは苦笑しながら、指示に従う。一方、シリウスとレグルスは、子猿たちに仕切られて少しばかり不満げだ。

とはいえ、ここは彼女たちの神域。この場の主《ぬし》が取り仕切るのが最善なことは、彼らもよく理解していた。

「ではでは、始めるなの」

「やる、なの。ルーナたちは、リーリエに向けて神宝を構えるなの」

「わかった」

ルーナは妹子猿の指示に従い、ロッドを構える。

それに続いて、ユアン、カイン、フレイルも中央のリーリエに向けてそれぞれの神宝を構えた。

子猿姉妹は、ルーナの肩から下りると、中央のリーリエの横に立つ。そして、リーリエの茎を挟むようにして、両手を繋《つな》いだ。

「「せーの」」

かけ声と共に、子猿たちは繋《つな》いだ両手を天に伸ばす。

(「せーの」には「なの」つけないんだ……)

ついついそんなことを考えながら、ルーナは成り行きを見守る。すると、ちょうど手を伸ばした先に虹色の輪が現れた。

虹色の輪は、リーリエの茎を通って上にのぼっていく。

同時に、輪が通った場所が虹色の光を帯びた。

(綺麗……)

あっという間に、輪は花まで到達し、それに合わせてリーリエ全体が虹色の光に包まれる。

そしてその光は、リーリエの花の上にいたエメラルダをも包み込んだ。

『あ……』

エメラルダが、驚いたような声をあげる。

虹色の光が強くなると同時に、全員の神宝が光り、中央のエメラルダを包む光へと伸びていく。

(力が吸収されてる……?)

ルーナはロッドに目を向け、そこから繋《つな》がる光に釘付けになった。

光は爆発的に強くなり、ルーナたちはその眩《まぶ》しさに目を眇《すが》める。瞬間、子猿たちが同時に声をあげた。

「「そーれ」」

かけ声ののち、虹色の光は一瞬にして霧散《むさん》する。

後に残ったのは、リーリエの花の上に立つエメラルダだけだ。そのエメラルダは、キョロキョロと辺りを見回した後、その場に座り込む。

「エメラルダ！」

ユアンが心配そうに名を呼ぶ中、子猿たちは互いの手を離して跳びはねた。

「成功なの」

「ばっちぃの消えたなの」

「え？」

ルーナはロッドの構えを解くと、急いでエメラルダに近づく。他の皆も、弾かれたように後に続いた。

「大丈夫かい、エメラルダ」

リーリエの花の上に座り込むエメラルダへ、ユアンは心配そうに声をかける。すると彼女は、羽根をはためかせて立ち上がった。

『痛いの、消えてる』

「そうなの？　というか、やっぱり痛みとかあったんじゃないか！」

ユアンは、厳しい目をエメラルダに向けた。

黒い痣《あざ》が身体中にあった彼女だが、本人は力が吸い取られるような倦怠感《けんたいかん》だけを訴えていた。

精霊は嘘をつけない。だが、黙っていることは可能だ。

だからこそエメラルダは、ユアンたちを心配させないために、痛みのことを黙っていたのだ。

今その事実が発覚し、ユアンは珍しく怒っていた。

『ごめんなさい、ユアン』

「……もう、その痛みはないんだね？　他にどこか不調なところは？」

『ない。全部消えてる』

エメラルダの答えを聞くと、ユアンは「ふぅっ」と息を吐く。

「ならいいよ。よかった」

『ありがとう、ユアン。皆も』

エメラルダは嬉しそうにユアンに飛びつくと、周りにいた皆にも礼を言う。

これまでは、どこか倦怠感《けんたいかん》が漂《ただよ》う元気のない感じだったが、今のエメラルダは違う。

動作がいつもよりキビキビとし、口調も心なしかしっかりしている。

「どうやら、本当に調子が良さそうだな」

フレイルが言うと、エメラルダはコクコクとうなずいた。とはいえ、エメラルダの姿は、リュシオンやカイン、コットにははっきり見えない。

せっかく元気になったものの、その様子がわからないため、リュシオンたちは残念そうだ。

そんな彼らの様子に気づいたのか、姉子猿が無邪気に言った。

「元気になったから、リュシオンたちにも見えるなの」

「え？　どういうこと？」

ルーナが訊き返すと、今度は妹子猿が教えてくれる。

「ここは神域なの。それにリーリエの傍だから、中位精霊なら顕現《けんげん》できるはずなの」

「そうなのですか？　でしたら見てみたいですね」

カインが反応すると、エメラルダは恥ずかしそうにうなずいた。そして、背中の羽根を広げると、自身の存在感を強める。

ルーナたちはもともと見えるため、エメラルダに変化が起こったかどうかはわからない。だが、リュシオンたちには、ぼんやりとした光に見えていたエメラルダの本来の姿をようやく目にすることができた。

「おおー、すごか」

「ほう……」

「なるほど、こういう姿をしていたのですね」

三人とも、やっと見られたということで、まじまじとエメラルダを凝視する。

その集中する視線に、エメラルダは恥ずかしいのか、ユアンの髪に顔を埋《うず》めるようにして隠れてしまった。

「あんまりじっと見ないでくれないかな？」

ユアンは三人に、にっこりと警告する。もっとも、その目はまったく笑っていない。

（うわぁ、ユアン兄様、なんか父様っぽい。……なるほど、エメラルダの保護者的な感じなのかな）

ルーナが納得する中、リュシオンたちは揃って気まずげに目を逸らしたのだった。


神域という特殊な場所と、呪いが解けたおかげで、エメラルダはリュシオンたちにも認識できるようになった。

そうして喜びに包まれた一行は、改めてエメラルダに尋ねる。

「エメラルダ、風姫たちのことだが……」

フレイルがそう切り出すと、苦しげにエメラルダは顔を歪《ゆが》めた。

『王は、捕らわれてる』

「捕らわれてる……捕まってるってことだよね。いったい誰に？　どうして？　どこに？」

「まて、ルーナ。ちょっと落ち着け」

身を乗り出すルーナを、リュシオンが宥《なだ》める。それを反省して黙ったルーナと入れ替わりに、エメラルダが口を開く。

『王を捕らえたのは、魔族』

先日とは違い、エメラルダははっきりと言い切った。やはり呪いによって、話せなくなっていたようだ。

「魔族……か。それで、風姫たちはどこに捕らわれているんだ？」

リュシオンが訊くと、エメラルダはシュンと眉を下げる。

『わからない』

「え？　どういうこと？」

ユアンは、戸惑ったようにエメラルダを見た。

初めて逢ったあの遺跡で、エメラルダはルーナたちに「助けて」と訴えた。その時には、風姫たちがどこにいるのかも、ちゃんと知っているようだったのだ。

そして呪いが解けた今――風姫たちの現状や捕らえている犯人を口にするのに、なんの枷《かせ》もないはずだ。にもかかわらず、「わからない」という答えは、ルーナたちにとって意外だった。

『王は捕らわれている。どこに……それは……わからない』

「覚えてない……？」

『わからない』

ユアンが問うと、エメラルダはふるふると首を振った。

そんな彼女の様子に、シリウスが口を開く。

「精霊に枷《かせ》をかけられるような魔族だ。その枷《かせ》が外れると同時に、大事な情報を忘れさせることもできるかもしれないな」

「あるいは、長く枷《かせ》をつけられていた影響も考えられる」

レグルスが補足するが、どちらにせよ肝心の情報は秘匿《ひとく》されたままだと皆悟った。

『ごめんなさい』

しょんぼりするエメラルダに、ルーナは笑いかける。

「大丈夫。風姫さんたちだもん。簡単にやられたりなんてしない。それに少しずつでも手がかりを探して、わたしたちが助け出すよ。絶対に！　だからね、そのためにもエメラルダは元気になってくれないとダメなんだよ」

（本当は不安で心配……でも、わたしが今できることは信じることだけ。ネガティブになっても、状況が変わらないのなら、前向きでいる方が良いに決まってる。空元気でも、思い込みでもいい。きっと大丈夫って信じよう）

ルーナの声に出せない気持ちは、皆に通じていたのだろう。うなずき、微笑む一同。

フレイルとユアンは、エメラルダに向いて告げる。

「手がかりはおまえなんだ。だからこそ、おまえに何かあれば俺たちが困る」

「うん。頼りにしてるから」

本当は、ただエメラルダを心配しているだけ。それでも、彼女が前向きになれるように、あえて彼女の必要性を強調するフレイルたち。

その気持ちは、エメラルダにしっかり伝わったのだろう。

彼女は、小さな手でパンッと自分の頬を叩くと、落ち込む表情を一変させた。

『ありがと』

はにかみながら礼を言うエメラルダを、皆が微笑ましく見つめる。そんな中、良い意味でも悪い意味でも空気を読めない子猿たちが口を開いた。

「エメラルダが綺麗になってよかったなの」

「なのー」

「だから次は、皆の神宝に神気を蓄《たくわ》えるなのー」

「ぱわーあっぷなのー」

無邪気な提案に呆気に取られた一同だが、次の瞬間、笑ってうなずいたのだった。

第五章　不穏な影

そして現在。

エメラルダの呪いを解いてから一ヶ月、キルスーナから帰国して二ヶ月が経とうとしている今、ルーナの耳に奇病の噂が届いたのだった――


「雪……」

カーテン越しに、白い影がチラチラと動く。

ルーナは、座っていた椅子から立ち上がると、窓に近づいてカーテンを開けた。すると、大粒の雪が降っているのに気づく。

クレセニアは広大な国だが、その気候はルーナが前世で住んでいた国、日本とさして変わらない。四季はあるものの、夏はカラッと暑く、冬は積雪が少ないため、むしろ日本よりも過ごしやすい気候だ。

緯度や経度によって変化する気候の地球から見ると異常かもしれないが、その辺りが異世界というものなのだろうと、ルーナは思っていた。

そんなクレセニアの王都ライデール。

冬には雪が降り、時には少々積もることがあるが、今年の積雪は異常と言ってよかった。

かれこれ一週間、毎日降り続く雪で、積雪は一メートルを軽く超えている。

日本であれば、除雪車が出動するところだが、この世界——サンクトロイメにそんなものがあるはずもない。

人々は人力で屋根から雪を下ろし、雪かきをするしかなかった。

それでも除雪が追いつかない場合は、魔法使いが出動して処理する——そんな風にして、なんとかこの異常気象を乗り切ろうとしていた。

しかし、魔法使いの人数は多くなく、また、人であるがゆえに不眠不休で働くわけにはいかない。

さらに言えば、魔法使いの魔力量は人によって異なり、処理できる範囲も量も一律ではない。そのため、場所によってバラつきが出てきていた。

「まだ止む気配はないか……」

「このままでは、まずいな」

ルーナの隣に来たシリウスとレグルスは、同じように窓の外を見てつぶやく。

公爵邸の広い庭は、なかば雪によって白い草原——あるいは丘のようになっていた。屋根や門からの道を優先して雪かきした結果、庭は二の次になっているのだ。

「こんなに積もったことなんて、今までなかったよね」

「そうだな」

ルーナのつぶやきに、シリウスが答える。

長くこの地に住む者も驚いていることから、数十年はこうした事態が起こっていなかったのだろう。

しかも、異常は雪だけに留《とど》まらなかった。

南方のある国では、数十年活動しなかった火山が噴火し、東方では季節外れの大嵐に見舞われている。さらに北方のある国では、大きな地震が起きた。

大陸中で起こる天変地異に、人々は怯《おび》えを隠せないでいる。

「学院はしばらく休校だし、明日もお手伝いに行こうかな」

大雪に配慮し、学院はしばらく休校となっていた。

教師や研究所の人間など、魔法が使える者は等しく雪の処理に駆り出されているためだ。学生も、多くがボランティアとして参加している。

ルーナもまた、そうしたボランティアとして魔法の腕を振るっていた。

「ねぇ、二人とも」

「なんだ?」

「どうした、ルーナ?」

「この異常気象ってさ、精霊――風姫さんたちが関係してるってことはないのかな……」

エメラルダの訴えで、風姫たちが魔族に捕らわれていることがわかった。

しかし、その場所については、エメラルダが記憶をなくしていることもあり、いまだ特定に至っていない。

風姫たち精霊は、自然界の元素が力を持った存在。

それゆえに、精霊王たる彼女たちが捕らわれていることで、こうした影響が出ているのではないかと、ルーナは思ったのだ。

「断定はできぬが、その可能性はあるかもしれないな……」

シリウスの言葉に、レグルスも重々しくうなずく。

ルーナは、降り続ける雪を憂《うれ》いの眼差しで眺めた。

異常気象も気になるが、アンセルの町で起こった奇病事件——それを彷彿《ほうふつ》させる症状の者たちが王都で出現している話も気にかかっていた。

「同じ、だと思う？」

ルーナは、行儀良くお座りしたシリウスとレグルスに問いかける。

「断定するのは早いが、似ているな」

「うむ。だが、キルスーナ公国ではなく、クレセニアでというのが気になるところだ」

シリウスたちの言葉に、ルーナはコクンとうなずいた。

アンセルの町で流行《はや》っていた奇病は、正確には病《やまい》ではなく、人為的にもたらされた瘴気《しょうき》が原因だった。

けれど、実行犯である酒場の主人——ヨハンは、ルーナたちが向かった時にはもう姿を消していたのだ。彼がこのクレセニアに来て、また奇病を流行《はや》らせている可能性はある。

しかし、それを実行するための魔道具《マジックツール》は、ルーナたちが押収している。あのような特別な魔道具《マジックツール》がいくつも存在するとは思えず、また、キルスーナからクレセニアに来るというのも、一個人には難しいはずだ。

それというのも、ルーナたちがキルスーナまで時間をかけずに移動できたのは、〈転移門〉という一瞬で各地へ飛べる魔道具《マジックツール》があったからだ。

それに加え、馬車という移動手段も使用できる。

しかし、一般人の場合、長距離の旅路でも使えるのは自分の足だ。つまり、徒歩でどこまでも歩いていくしかない。

辻馬車もなくはないが、稼働している場所が限られているので、大半は歩きとなる。

キルスーナの片田舎《かたいなか》にあるアンセルから、キルスーナの公都に向かうだけでも、数十日。普通なら、それだけで旅費を使い果たしてしまうだろう。

そのため、各国を行き来するような旅となれば、年がかりになる。何しろ、途中で旅費を稼ぎつつ移動せざるを得ないからだ。

そうした事態を避けるならば、馬車を用意するか、あらかじめ費用を用意しておく必要がある。

だが、ヨハンの家を見れば、荷物もほとんど置いていったようで、計画的に逃亡した様了ではなかった。

そんな状態であれば、なおさら長距離の移動は難しいだろう。

何しろ、この世界には魔物が存在する。人の集落から離れるというのは、こうした魔物たちのテリトリーに足を踏み入れるということだ。

危険を回避しようとすれば、馬車を用意するなり、護衛を雇うなり、やはりお金が必要になってくる。

そうなると、ヨハンがクレセニアに来ているとは考えにくかった。

「あの酒場の人と関係なくても、同じように魔族に利用されてる人がいるかもしれないってことになるよね……それも問題だと思う」

「一度、確かめに行く必要があるな」

「うん。明日も出かけるわけだし、王都の人に話を聞いてみるよ」

「それがいい」

シリウスとレグルスにうなずき、ルーナはカーテンを閉める。

(明日は降り止むといいけど……)

ルーナはそんなことを思いながら、眠りにつくのだった。

†

翌日。ルーナは自宅のサロンで、ユアンが来るのを待っていた。

ユアンやフレイルが所属する魔法師団も、この大雪の処理で連日駆け回っている。それでも、人手が足りないのが現状だった。

そのため、ユアン経由でルーナへ手伝いの要請があったのだ。

貴族令嬢がと驚くかもしれないが、『高貴なる者の義務《ノブレス・オブリージュ》』として、こうした場合に貴族の子女が先頭に立つことは珍しくなく、むしろ奨励されている。

そんなわけで、協力を快諾したルーナだが、ユアンは現在魔法師団に身を置いている。住んでいるのも師団の寮のため、こうして彼の訪れを待っているのだ。

魔法を期待されてのボランティアではあるが、外での作業である。彼女の服装は、厚手のシンプルなワンピースとロングブーツといった身動きの取りやすいものにしていた。

ルーナが、サロンの窓から外の様子を眺めていると、ノックの音が聞こえてきた。

「どうぞ」

彼女の返事のすぐ後に、ドアが開く。そこには予想通り、魔法師団の制服をきっちり着込んだユアンの姿があった。

「ユアン兄様」

「今日はありがとう、ルーナ。さっそくだけど行けるかい？」

「うん、大丈夫。このまま出られるよ」

「助かる。本当にこの雪には参ったよ。何しろ、溶かした傍から降り積もるからね。でも、今日はまだマシかも」

ユアンは疲れた様子で肩を竦《すく》める。

なまじ有能であるがゆえに、休みもあまり取れないのだろう。

「兄様、無理はしないでね？　わたしでよければ、いつでもお手伝いするし」

「ありがとう。その言葉で元気が出たよ」

ユアンは優しく微笑むと、ルーナの頭を撫でた。

「よし、じゃあ出かけよう」

「はい」

ルーナはうなずくと、用意してあった外套《がいとう》を羽織る。

その足下には、シリウスとレグルスの姿もあった。遠出する時と違い、そのサイズは成犬、成猫のそれである。

シリウスは大型犬と中型犬の中間ほど、レグルスは普通の猫サイズだ。

彼らはそれぞれ、首輪と一体になったマントを身につけている。神獣であるシリウスたちには外気温など関係ないが、一般の犬猫に見えるよう擬態していた。

「兄様、今日はどういったお手伝いなの？」

「東区での作業だよ。東門までの道路の雪をなんとかするのと、余力があればその近くで雪も処理してほしいってところだね」

「東区かぁ……確か、奇病の発生って東区の外れじゃなかった？」

「ああ、そうだったね。もしかしたら、その情報についても集められるかもしれない」

「うん。しぃちゃんやれぐちゃんもその辺、気にしておいてくれる？」

「うむ、任せろ」

「抜かりはないぞ」

「頼もしいね」

キリリと表情を改める二匹に、ルーナとユアンは顔を見合わせて笑うのだった。


王都ライデールの東区。

その名が示す通り、ライデールの東区域の街を指す。

王都の四区それぞれが、象徴となる建物を中心に街を形成しているのだが、東区のそれはレングランド学院である。

学院を中心に、学生や研究者向けの住居や、店などが多く見られる地区だ。

大通りの両側に商店が建ち並ぶ光景は、商業区などでも同じだが、護符やその材料の店、書店、学用品の店など、学術に特化した店が多かった。

この大雪のせいで、店を開いても客の入りは期待できない。だからといっても、店舗の手入れは必要である。

道路の雪を端にどければ、歩道に雪が積み上がる。それは道路脇の店舗にとって迷惑極まりない。とはいえ、道路は公共のもの。優先させるのに文句を言うこともできないのだ。

しかし、今日は魔法師団が訪れ、こうした雪の処理をしてくれると聞き、店舗の主人たちの表情は明るい。

ルーナがユアンと共に集合場所に到着すると、そこにはすでに魔法師団の団員が何人か集まっていた。全員、制服を着ているため、すぐにわかる。

そんな団員たちの中から、一人の男性が近づいてきた。

身長は百七十ほどと、他の人に比べると小柄な男性だ。波打つ柔らかな黄緑色の髪をした二十代半ばの青年は、いかにも優しそうな顔立ちをしている。

（師団の人、だよね？）

ルーナが首を傾げていると、ユアンが小さな声で告げた。

「僕の上司だよ」

（おおう……上司ってことは、隊長さんなのかな）

ルーナが姿勢を正すと、近づいてきた彼が胸に手を置いてお辞儀する。

「ルーナレシア嬢、今日はわざわざお越しいただき、感謝します。私は魔法師団を預かっております、サイモン・ラディオンと申します。以後、お見知りおきを」

（魔法師団を預かる？　じゃあ、隊長どころか団長ってこと⁉　いや、めちゃくちゃ若くない⁇）

内心パニックになりながらも、ルーナはそつなく挨拶《あいさつ》する。この辺りは、腐っても貴族令嬢。礼儀作法はしっかりと身についているのだ。

「ルーナレシア・リーン・リヒトルーチェと申します。こちらこそ、兄がお世話になっております。あの、よろしければルーナとお呼びください。本日はご迷惑をおかけするかもしれませんが、頑張りますのでよろしくお願いします」

ルーナが軽くカーテシーをして返すと、サイモンは悪戯《いたずら》っぽくユアンを見る。

「噂に違《たが》わず綺麗な妹さんだな。私がもう少し若かったら口説いているところだ」

「いや、団長が言うと冗談に聞こえないのでやめてくださいよ」

「なんだと？　そこは笑うところだろう」

「いやいやいや。団長、四十越えてるように見えませんから。普通に若く見えすぎですから」

（え……四十すぎ⁉　どう見ても二十代半ばですけど！　……あ、この人フレイルパパと同類の人だ、うん）

ルーナの父アイヴァンも若く見える容姿だが、ここまでではない。

そんなことを考えながら、ぽかんとしているルーナの肩が、ぽんっと後ろから叩かれた。驚いて振り向くと、そこには苦笑するフレイルの姿があった。

「あ、フレイ」

「ルーナ、こっち手伝ってもらえるか？　団長、いいですよね？」

「おお、それではルーナ嬢、お願いしても？」

「はい、もちろんです」

「では僕も一緒に行きます」

「頼むな、ユアン」

「はい、団長」

サイモンとのやり取りを終え、ユアンとフレイルに同行し、ルーナは目的地に向かう。

他の師団の三人も含め、六人一組となって行動する。

はらはらと舞う雪は、昨日に比べれば小降りだ。それでも、数日降り続いた雪は道にかなりの量が積もっている。

「移動するついでに、溶かしていく？」

ルーナは、道の雪をどけたせいでできた雪の壁を見ながら、ユアンに提案した。その声が聞こえたのだろう、一番年長の団員が声をかけてくる。

「無理じゃなければ、頼めるか？　もちろん、ある程度で十分だ」

「わかりました。皆さんは連日頑張ってくれているんですもの。ここはわたしが」

「ありがたいです。でも、無理はしないでくださいね？」

ルーナの言葉に、他の団員も嬉しそうに応える。

実際のところ、疲れていないと断言できる者はいなかった。

「では、まずこの辺りを」

そう言ってルーナは、魔法語《マジックスペル》を唱える。

使用するのは、対象物の温度を上昇させる魔法だ。これを固められた雪に対して行えば、一瞬にして積み上がった雪が溶けていく。

その際に出た水も魔法で消していくため、水浸《みずびた》しになる心配もなかった。

あっという間に、数百メートルと続く道脇の雪が消えるのを、団員のみならず周囲の人々が唖然として見ている。

魔法師団が魔法で除雪してくれるというので、好奇心や心配から見に来た住人が多かったようだ。

「おおー！」

「雪が消えたぞ……！」

我に返った王都の人々が、歓声をあげる。

何しろ、積み上がるばかりで処理に困っていた雪が、一瞬で消えてしまったのだ。

「ありがとうございます！」

「魔法師団、万歳！」

「国王陛下、万歳！」

口々に礼や、師団、国王を褒め称える人々。その熱狂ぶりに、彼らがどれほどこの大雪に困っていたかが窺《うかが》える。

「話には聞いていたが、すごいな……」

このグループの隊長らしき年かさの団員が、驚いたようにつぶやく。

こちらから頼んだものの、ここまで綺麗さっぱり雪がなくなるとは思っていなかったのだ。

「ユアンやフレイルも規格外だが、これは……」

「さすが、リヒトルーチェ家の令嬢ということか……」

なにやら感心されている状況に、ルーナは気まずくなって声をあげる。

「えっと、じゃあ、次行きましょう、次！」

「あ、ああ、そうだな」

「よし、次だ」

皆が喜ぶ顔を見るのは嬉しい反面、過剰な賞賛が面映《おもは》ゆい。ルーナに便乗し、一行はそそくさと移動する。

そうして雪を溶かし、時には怪我人の手当や住人の手伝いなどをしながら目的地に着いた。

東地区の端にある東門付近の雪を全員で溶かしていく。

そうして、ちょうど昼を回った頃。

「今日は粉雪で溶かしやすかったのがありがたいですね。これならたくさん降っても、なんとか対処できるでしょう」

「今日はルーナ嬢のおかげで楽できたな」

「ユアンとフレイルもよく頑張ってくれた」

思ったより早く作業が終わったことで、団員たちは笑顔で肩を叩き合って喜んでいる。そんな中、東門にある詰め所から衛兵が近寄ってきた。

「皆さんお疲れ様です。詰め所に昼食の準備がしてありますので、休んでいってください」

「え？」

団員たちは驚いているが、ルーナだけはニコニコと笑っている。

実はこのランチ、彼女の両親が用意したものだ。連日、王都のために頑張っている団員への、ささやかな労《ねぎら》いだった。

「さすがリヒトルーチェ公爵だな。ご本人やご夫人もあちこちで手助けしてくれているというのに」

「何もせずにふんぞり返っている貴族も多いのにな」

「まったくだ」

両親を褒められ、ルーナとユアンは照れくさくなる。

「えっと、せっかくですし、ランチにしましょう」

「そうだな。ああ、その前に言っておくが、ユアンとフレイル以外は予定通り次の場所に移動する。別室で打ち合わせだ。二人は今日はここまでにして、ランチを食べたら、ルーナ嬢を送っていってくれ」

「え？　僕たちも移動しますよ」

「俺も、行きます」

隊長の指示に、聞いていなかったのかユアンとフレイルが言い募る。

「いや。俺たちは休みをもらったが、おまえたちは昨日も出動していただろう。これは団長からの指示だ。それに、ルーナ嬢を送っていくのは大事な任務だぞ」

そう言われてしまえば、ユアンとフレイルも従うしかない。不承不承《ふしょうぶしょう》うなずく。

「よし、じゃあ、おまえたちも別室でランチを済ませるといい」

「わかりました」

隊長たちと別れ、ルーナとフレイル、ユアンの三人は、別室へと案内される。

「気を使われてしまったね」

「まぁ、休みを取れとは言われていたしな」

フレイルは肩を竦《すく》めると、簡素な木製の椅子に腰かけた。

中央に置かれたテーブルには、ランチの入った籐かごが置かれている。具だくさんのサンドイッチと色とりどりの総菜に加え、フルーツのデザートもある豪華なものだ。

「うわぁ、おいしそうだね」

「ああ」

ユアンとフレイルは、嬉しそうに籐かごを覗《のぞ》き込む。

魔法だけ使っていたルーナは、身体的にはさほど疲れていなかった。しかし、雪かきや手伝いなど、絶えず動いていたユアンたちはお腹が減っていたのだろう。

ユアンとルーナも席につくと、さっそく食事に取りかかる。その足下には、ちゃっかりとシリウスとレグルスが座っていた。

「しぃちゃん、れぐちゃん。お疲れ様」

ルーナが労《ねぎら》うと、彼らは揃って彼女に頭を擦《す》り付ける。

一見すればついてきただけに見える彼らだが、こっそりと雪かきの手伝いをしていたのだ。

「あれくらいなんでもない」

「うむ。それに興味深い話が聞けたぞ」

「興味深い？」

ルーナが首を傾げると、レグルスはコクリとうなずいた。その様子に、フレイルとユアンも注目する。

「作業の様子を見ていた街の者たちが話していたのだが、やはりこの辺りでアンセルの奇病と同じような症状を起こす病《やまい》が流行《はや》っているようだ」

「やっぱり、噂だけじゃないんだね」

「ああ。ただ、重症者はいないらしい」

「そうなの？　でも、意識不明とかそこまでの症状が出てないのに、噂が広まるなんておかしいよね」

奇病は症状が進むと意識不明に陥《おちい》る。

だが、東区にそこまでの重症者がいないにもかかわらず、そのような症状が噂として流れるのはおかしい。

「奇病の症状を知らなければ、な。……となると、誰かがそうなった者を見た、あるいは聞いたということだよな」

「フレイル、その通りだ。それで一つ、答えになりそうな話を聞いたのだが」

「それは何？　しぃちゃん」

「東区で罹患《りかん》した者には共通点がある。皆、ある集落と取り引きがある者だった」

「村……？」

「うむ。東門を出てすぐのところに、元難民たちが興《おこ》した村がある。そこへ出入りしていた者ばかりだそうだ」

「元難民たちの村――ロタか」

フレイルのつぶやきに、不思議そうな顔をするルーナ。そんな彼女に、ユアンが説明する。

「ロタというのは、ライデールの近くにできた新しい集落の名前なんだ。シリウスが言ったように、元は難民たちのキャンプだった場所でね。正式に移民として認められたことで、最近ようやく村として機能し始めたんだよ」

「一時期は治安も悪かったから、騎士団や魔法師団も警戒していた。その関係で俺たちも知っているというわけだ」

「うん。もっとも、最近は治安が良くなったから、あまり話題にも上らなくなったけど、一時期は犯罪者が紛れ込んだりして大変だったんだ。今はそうした者は淘汰《とうた》されているけどね」

「それが、ロタ……」

ルーナが無意識につぶやき、数年前の事件を思い出す。

難民たちが攫《さら》われ、地下水路の奥で殺されていたという酷いものだ。

それを思い出しているのを察したのか、ユアンがさらに付け加える。

「ロタのような集落の民が移民として認められ、村を作って暮らせるようになったのも、あの事件の後にリュシオン殿下が尽力してくれたおかげなんだよ」

「そうなんだ……。あの難民の人たちが移民として受け入れられたのは知っていたけど、リューはあの村だけじゃなく、他にもたくさんの人たちを救っていたんだね」

「自分から言いふらす人じゃないからな」

ルーナたちは、リュシオンを思い浮かべ微笑む。とはいえ、今は和んでいる場合ではない。すぐに話を戻す。

「とにかく、そのロタの村が発生源だというなら、確かめる必要があるよね」

「確かに。アンセルと同じだとすれば、東区の罹患者《りかん》も放置できないしな」

フレイルの言葉に、ルーナは少し考えて口を開く。

「もし本当にアンセルと同じだったら、どこかの施設を借りて、神宝で一気に処置をしてしまうのはどうかな？　たとえばここは学院が近いから、教室を臨時で借りるとか。処置にはわたしとフレイルがいればなんとかなるから、リュシオン殿下に力添えしてもらえばできると思うの」

「そうだね。リュシオン殿下に力添えしてもらえば、可能じゃないかな。まだ症状が初期で歩けるのであれば、来てもらう方が確実だね。あの方法を各家で行うのは、問題がありそうだし」

アンセルで行った、瘴気玉《しょうきだま》をフレイルの神宝で突き刺すという奇病の処置。

海沿いでそれが可能だったのは、実績を作り、家族がルーナたちに患者を委《ゆだ》ねてくれたからだ。

たとえ、治せるから付き添いには部屋を出ていってほしいと言われても、信用しきれないのが普通だろう。

もし、付き添いを許可したしても、短剣を突き刺した時点で騒がれるのがオチだ。

しかし、国の協力のもと公共の場所に患者を集めて行えば、病院の手術室のように家族に治療法を見せない状態にしても安心できるだろう。

「とりあえず、その方法で良いと思うけど、まずは確かめてみないとだね」

ユアンがまとめると、何かを考え込んでいたルーナがつぶやく。

「ねぇ、ロタの村ってこの先なんだよね」

「そうだが？」

「もし、そこがアンセルと同じように、瘴気玉《しょうきだま》で苦しめられているなら、一刻も早く助けてほしいと思ってるよね……」

「……うん、それはその通りだろうね」

ルーナの言葉に、海沿いの住人たちを思い出し、フレイルとユアンも神妙な顔になる。

「治癒魔法をかけてあげられれば、小康状態は保てるよね。だから、これを食べた後に行ってみない？　様子を確認するだけでもいいんだけど……」

「は？」

「え？」

「だって、ロタの村はここからそう遠くないんでしょう？　あと、ついでに少し街道の雪を溶かしていけば、皆助かるんじゃないかな」

「いや、確かにそうだけど……」

ユアンは妹の無茶ぶりに、困った様子でフレイルを見る。何しろ王都の外はさらに酷い雪だ。その上ルーナはここまで魔法をずっと使ってきているのだ。しかしそれに怯《ひる》むことなく、ルーナはなおも食い下がった。

「もし、海沿いの人たちと同じで、ここで症状が噂になるくらいだったら、誰かが亡くなってもおかしくないと思う。後日、兄様たちが様子を見に行くのが現実的かもしれない。でも、こんな状況では、それがいつになるかわからないんでしょう？　だから、できる時に力になりたいの」

ルーナの主張に、フレイルとユアンも口を噤《つぐ》む。

実際、ほとんど休みなく駆り出されている状況で、いつロタの村に向かえるのか。少なくとも、すぐに、とはいかないと二人もわかっていた。

「わかった。今、行こう」

「そうだね。ただし、ルーナ。決して無理はしないように」

「約束する」

コクリとうなずくルーナに、二人は仕方ないとばかりに息を吐いたのだった。

†

東門からの街道の雪を除去する――そうルーナたちが申し出ると、門を護《まも》っていた衛兵たちから感謝された。

雪に覆われた街道のせいで事故が起きてはと不安に思っていたのだ。それでも、人力には限度があるため、しばらく除雪はできないと思っていただけに、彼女の提案は大歓迎された。

とはいえ、さすがにロタの村まで街道の雪を溶かすことは厳しい。

そのため、東門から見渡せる部分だけと決め、雪を除去していく。

この辺りは、この大雪のせいもあって人の行き来がほとんどない。それもあり、ここからはシリウスたちに乗っていくことにする。

「しぃちゃん、れぐちゃん、お願いできる？」

「うむ。行きは我がこやつを乗せよう」

ルーナにお願いされ、シリウスが不満げにフレイルを見た。レグルスはルーナを乗せることができるものの、ユアンも一緒のため微妙な顔になっている。

（そこまで嫌そうにしなくても……）

彼らの視線に若干傷つき、ユアンは眉を下げる。ちなみにフレイルは、いつものことと肩を竦《すく》めるだけだ。

ルーナがいそいそとレグルスに乗ると、ユアンがその後ろに乗り込む。すぐにルーナは、前方を指差して声をあげた。

「ロタの村へ出発！」

「いや、そっちじゃないぞ。あっちだ」

「うっ」

ルーナの指示とは違う方向を指し、フレイルはジト目で彼女を見た。せっかくのかけ声だが、台無しである。

ルーナはわざとらしく咳払いすると、改めて言った。

「えーと、気を取り直して……出発！」

すぐさま駆け出す、シリウスとレグルス。

降り積もった雪をものともせず、彼らは一気に銀雪の中を駆け抜けていった。

ロタの村は、ライデールから馬車で一時間弱の場所にある。

もともと難民たちが集まってできた集落ということもあり、王都の家々と比べると、その貧弱さが目立つ。

村の入り口近くに雑貨屋と酒場があるくらいで、大抵の者は細々と畑を耕《たがや》して暮らしていた。

ルーナたちは、人気《ひとけ》のない場所でシリウスたちから降りると、村へと足を踏み入れる。

道は雪に埋もれ、踏み固められた細い道だけが頼りの状態だ。

そんな道を進む中、あちこちの家で屋根の雪下ろしをしているのが目につく。簡素な木造の建物ゆえに、早く屋根の雪を下ろさなければ大変なことになるのだろう。

周囲を見渡しながら歩くルーナたちを、村人が何者かと凝視する。

治安が悪かった頃、騎士団や魔法師団が巡回に来ていたこともあり、その制服に見覚えがある者は多い。

ただ今回は、ルーナが一緒である。フードのせいで顔は見えないが、服装などから良家の子女なのはわかった。

それゆえに、どういった理由で立ち寄っているのか、彼らには見当もつかなかったのだ。

とはいえ、過去の訪問でも特に問題はなかったのだろう。その視線に戸惑いはあるが、嫌悪のようなものはなかった。

「こんにちは」

ユアンは、こちらに顔を向けて固まっている村人たちに、愛想良く挨拶《あいさつ》する。

なんとか会釈《えしゃく》を返す村人たちの一人へ、ユアンはそのまま近づいた。

「あの、今日はどんな御用で……？」

「ああ、この雪だからね。巡回の足を延ばしてみたんだ。村は大丈夫かい？」

ユアンの言葉に、村人たちはなるほどと納得顔になる。

この大雪だ。不便がないかと心配してくれるだけでもありがたいのだろう。僅《わず》かに表情を緩《ゆる》め、村人の一人が答えた。

「なんとか。ですが、この雪には本当に困っております」

「だろうね。とりあえず、屋根の雪をなんとかしよう。皆そこを下りてくれるかな」

「え、あ、へい」

別の村人は、ユアンの提案に戸惑いつつも、素直に屋根から下りた。

それを確認し、ユアンは魔法語《マジックスペル》を唱える。すると、屋根の上に積もっていた雪が一瞬にして消えた。

奇跡のような光景に、村人はぽかんと口を開けて固まる。その様子を見ていた他の村人も、こぞって同じように固まっていた。

もともとが他国の人間であるため、魔法使いを見ること自体珍しいようだ。

ルーナたちは、二手に分かれて屋根の雪を溶かしていく。建物も十数軒しかないため、三人でも十分だった。

すべてが終わったところで、ユアンは村人たちへもう一度質問する。

「他に何か困ったことは？　病気や怪我などはないかな？　この雪のせいで怪我なんかした者もいるんじゃないか？　彼女は白魔法が使えるから遠慮なく言ってほしい」

（兄様、さすがです！）

奇病にかかっている者がいれば、言い出しやすいようにそつなく誘導するユアン。そんな彼を、ルーナは尊敬の眼差しで見た。

いきなり病気などと言えば、相手もいらぬことを勘繰るだろう。

しかし、最初に一番の困りごとを解決してあげたせいか、村人たちもこちらを信用して言い出しやすくなったようだ。

チラリとお互いの顔を見合わせた後、一人の青年がおずおずと口を開いた。

「あの、病気……とかでも？」

「どんな病《やまい》でも治せる――とは、診てもいないうちからは言えないけどね。まず、診察させてもらわないと」

ユアンの言葉に、青年は真剣な表情で告げる。

「よかったら、兄の具合を見てほしい……です」

それが呼び水になったのか、あちこちで「うちにも」「こちらもお願いします」と声があがった。

その人数から、この村の半数ほどの世帯に症状が出ている者がいるとわかる。

「順番に回るから」

ユアンは言うと、ルーナとフレイルを振り返った。

「行こう」

ルーナはうなずくと、ユアンたちと共に青年の後に続いた。

家の中に入ると、五十代ほどの男女が不安そうに立ち尽くしていた。おそらく、彼の両親なのだろう。

「父と母です。診てほしいのは、兄なんですが……」

「お兄さんはどちらに？」

「こっちです」

小さな台所兼居間を通り抜けると、廊下があり、奥と両側にドアが一つずつついている。その一方のドアを青年が開けた。

そこには、粗末なベッドが二つ置かれており、その片方に青年より少しだけ年上と思われる男性が眠っていた。

「昨日から、眠ったままなんです……」

青年は悔しげにつぶやく。

心配と、何もできない自分への憤《いきどお》りだろうか、そのこぶしが強く握り込まれている。

「近づいても？」

ルーナは、立ち尽くす青年に声をかける。

彼が無言でうなずくと、ルーナは眠る青年に近づいた。

〈診察〉の魔法で青年の全身を診る。けれど、予想したように異常はなかった。

（ケネスさんと同じだ）

ルーナは、再度魔法語《マジックスペル》を唱える。今度は〈魔法探知〉のものだ。

先ほどと同じように、全身をくまなく調べると、右腕に反応があった。

「ルーナ」

フレイルの呼びかけに、ルーナはうなずきだけを返す。

それで察したのか、フレイルとユアンはルーナの両隣に立つと小声で尋ねる。

「やはり、同じか？」

「うん。右腕」

「わかった。ユアン、いったん家族を部屋から出してもらえるか？」

「了解。それらしい理由で説明してみるよ」

「ああ、それで頼む」

簡単に打ち合わせを終えると、ユアンは心配そうに見守っていた青年に声をかけた。

「悪いけど、治療のために少し部屋を出てもらえないかな？」

「え？」

ユアンの提案に、青年は困惑した様子を見せる。そんな彼を安心させるように、ユアンはさらに言葉を重ねた。

「魔法治療は、魔法使い以外の者に悪影響を及ぼす可能性があるんだ」

「そ、そうなんですか。わかりました」

「ありがとう。大丈夫、お兄さんはちゃんと治るから」

「はい。お願いします」

青年は深々と頭を下げると、名残惜《なごりお》しそうにしながらも部屋を出ていく。

そのままドアの前でユアンが見張り、ルーナとフレイルが治療——瘴気玉《しょうきだま》を排除するために動き出す。

シリウスとレグルスも、アンセルの時と同じようにベッドの傍に待機だ。

作業自体は、海沿いの集落で施《ほどこ》したものと同じ。フレイルが短剣の神宝を使って瘴気《しょうき》の結界を壊し、ルーナのロッドで結界を吸収して、瘴気《しょうき》を浄化する。最後に体力回復のために治癒魔法をかければ瘴気玉《しょうきだま》は完全に取り除かれるのだ。

(やっぱり、全部同じ……)

これで、アンセルの海沿いの集落で蔓延《まんえん》していたのと同じ、瘴気《しょうき》によるものだと証明されたのだ。

この神宝による治療方法が取れるのであれば、奇病の患者が死亡する心配はない。

けれど、なぜここで同じような事態が起こったのかは、何一つわかっていなかった。

「ルーナ、ひとまず全員の治療を優先しよう。その途中で住人から何か聞けるかもしれない」

「うん」

フレイルの言葉にうなずき、ルーナは一度疑問を頭の隅に追いやる。

言い方は悪いが、家族の病《やまい》を治せば、恩義を感じた村人たちから色々な話を聞きやすくなる。

そんなやり取りをしている間に、眠っていた青年の兄が目を覚ます。

「家族を呼ぶよ」

ユアンは告げると、ドアを開けて家族を呼んだ。

まだぼんやりとしながらも目覚めている兄を見て、青年は急いでベッドに駆け寄った。両親もそれに続く。

喜び合う家族に、ルーナたちも嬉しくなる。だが、患者は彼らだけではないのだ。

「体力が落ちているので、しばらく気をつけてあげてください。身体がいつも通りに動くようになれば、もう大丈夫だと思います。あと申し訳ないのですが、他の病気の方のところへ案内をお願いできませんか？」

ルーナが声をかけると、案内してくれた青年が勢いよくルーナに近づく。彼がルーナの手を掴もうとした瞬間、間にユアンが立ちはだかった。

「どうかしましたか？」

「あ、いや、すみません。兄を助けてくれて本当にありがとうございます」

どうやら礼を言いたかっただけのようだが、ユアンのガードは鉄壁だった。

（簡単に触らせるわけないし？　っていうか、ルーナがフードしたままでよかったよ。見たらきっとその美少女っぷりに魂を抜かれるだろうしね）

ニコニコと笑いつつも、目が笑っていないユアンに恐れをなしたのか、青年は慌てて一歩下がる。

「えっと、じゃあ、俺、案内しますんで」

「ありがとうございます。お願いしますね」

ルーナが礼を言うと、青年は真面目な顔でうなずいたのだった。


そうして、村のすべての患者が問題なく回復した。

回復した者の家族が、次の家族に説明してくれたおかげで、大きな混乱もなく終わる。最後の患者の治療後には、皆が口々に感謝を述べていた。

死に至ってはいないが、最初の患者のように意識不明になっている者も多くいた。

もしルーナがここに来ることを提案しなければ、訪れる前に儚《はかな》くなる者がいたかもしれない。その点では、英断だったと言える。

「間に合ってよかったね」

ルーナが村人たちの笑顔を見ながらつぶやく。

そんな時、ふと彼らの会話から聞こえてきた名前に、彼女は意識を奪われた。

「――ヨハンは――大丈夫か？　――」

(ヨハン？)

決して珍しい名前ではない。だが、ルーナたちにとっては特別な――海沿いの集落にあった、酒場の主人の名前。そして、アンセルでの奇病の元凶だった人物の名前だ。

それゆえに、聞き逃すことができなかった。

声の方を振り向いたルーナに、その主《ぬし》が驚いて固まる。

「今の――」

「今言っていたヨハンというのは、この村の者かい？」

声をかけようとするルーナを遮《さえぎ》って、ユアンが訊く。

「あ、ああ。一ヶ月ほど前から住んでる奴だよ」

「一ヶ月前⁉」

村人の話に、ルーナたちは驚き、顔を見合わせる。

もともとの住人ではなく、一ヶ月前から住んでいる男。どう考えても、怪しいとしか言いようがなかった。

「その者はどこに住んでいるんだ？　家族は？」

「独り者で家族はいない。裏手の森の小屋に住んでいるんだ。この辺は王都が近いおかげで、森の中とはいえ魔物の害が少ない。だが、この大雪だろう？　あいつは大丈夫かって話してたんだ」

「どんな男か教えてほしい。見た目や年齢だ」

勢い込むフレイルに、村人は困惑しつつも答える。

「三十から四十くらいか？　粗野な感じだが、人当たりはいいな。あいつ、何かやらかしたのか？」

心配になったのか、村人はおずおずと訊く。

「いや……人に頼まれて探していた人物かと思ってね」

「なるほど。そんなことまでやらなければならないとは、魔法師団や騎士というのは大変な仕事なんだなぁ。もっとも、あんたらが来てくれたおかげで、俺たちは助かったわけだが。ありがたいもんだ」

村人が改めて感謝を述べたことで、他の者もまた賞賛の声をあげる。収拾がつかない事態になりそうな気配を感じ、ユアンが大きな声で周りに告げた。

「病気にかかっているかもしれませんし、僕たちがヨハンさんのところに行ってみますよ。この雪では、不用意に出歩くのは危ないですし」

「いいのか？」

「ええ。皆さんはどうぞ家族のもとにいてあげてください。では、一度失礼しますね」

村に来てすでに二時間は経っている。

時折止みながらも、いまだ細かな雪が降り続いているため、空はどんよりと曇って暗かった。本格的に暗くなれば、雪の勢いが増す可能性がある。

幸いにも目的地が森のため、積雪の中でも木々は確認できた。件《くだん》の小屋は森に入ればすぐと言っていたので、迷うことはないだろう。

ある程度村から離れると、ルーナたちはシリウスとレグルスに乗って森へ向かった。

大人の背丈ほど積もった雪では、数百メートルの距離さえ移動が難しい。しかし、跳躍できるシリウスたちにとってはまったく問題ではなかった。

あっという間に森に辿り着いたルーナたちは、雪になかば埋もれるようにして佇《たたず》む小屋を見つける。

屋根の雪は下ろされ、小屋の周囲も雪かきがされていた。煙突から煙が出ていることから、誰かがいるのは確実だ。

「同じ人物だろうか……」

ユアンのつぶやきに、ルーナは首を傾げる。

「ここで奇病が発生したことを考えると、それが妥当なんだけど……どうやって一ヶ月でこんなところまで来たんだろう」

「だな。疑問は残るが、ひとまず会ってみれば本人かどうかはわかる」

フレイルとユアンは、海沿いの集落でヨハンに会っている。面識があるため、このメンバーだったのは幸いだろう。

もし、リュシオンやカインがルーナと同行していれば、肝心のヨハンの顔を誰一人知らなかったのだから。

「シリウスとレグルスは、ルーナを頼む」

「任せろ」

「言われずとも」

すかさず答える二匹に苦笑し、フレイルはユアンとうなずき合ってから、小屋に向かって歩き出した。

ザッ、ザッと雪を踏みしめながら、フレイルは小屋の玄関に立つ。

ドアノッカーすらないため、彼はこぶしをドアに打ち付けた。

「なんだ？」

そんな声と共に、玄関に近づいてくる足音。次いで、木製のドアがゆっくり開いた。

「誰だ、まったく……」

文句を言いながらドアを開けた男は、そこにいたフレイルの姿に目を見開く。

すぐにドアを閉めようとするが、間に差し込まれたフレイルの足により、それは叶わなかった。

「な、なにを……」

「まさかと思ったが、当たりだったな」

フレイルの言葉で、ルーナは彼が海沿いの住人だったヨハンだと知った。

「あの奇病は、おまえのせいだな？」

「し、知らん！」

フレイルの追及を、ヨハンは目を泳がせながら否定する。しかし、その動揺した態度は、正解だと言っているようなものだった。

「海沿いの人たちは、おまえのことを欠片《かけら》も疑っていなかったぞ。それに、この村の者も。むしろこの大雪にこんな場所で過ごしているおまえの無事を心配していた。そんな者たちに、おまえは奇病を振りまいたというわけだ」

「ち、違う……俺は何も知らん」

「僕たちはボブにあなたの事情を聞いた。理解に苦しむが、妻子を亡くした怒りの矛先《ほこさき》を求めていたから、というのが理由でしょう。ですが、この村の者は？　聞けば、行く宛てのないあなたを村の一員として迎えてくれたというじゃないですか？　そんな恩ある者へのお返しが、これですか？」

淡々と彼のしたことを述べるユアンに、ヨハンの顔色がどんどん青ざめる。

「俺は……違う、あいつらが、あいつらが悪いんだ！　俺は罪を償《つぐな》わせただけだ！」

「あいつらというのは、海沿いの集落の者か？　では、この村の者にはどんな罪がある？」

「そ、それは……」

ヨハンも、その矛盾には気づいていたのだろう。

自分勝手、あるいは八つ当たりに近いが、海沿いの住人たちへの憎悪には彼なりの理由があった。

しかし、フレイルやユアンが言うように、このロタの村の者たちは、ヨハンに親切にしたことはあっても、憎まれるようなことは何一つしていなかったのだ。

「俺だって、この村には手を出したくなかった！　だが、あの人は……」

ヨハンはそう叫ぶと、その場に頽《くずお》れる。

フレイルたちに目を背《そむ》けていた現実を突きつけられ、罪悪感に押し潰されたのだろう。

海沿いの住人であるボブも言っていたように、妻子を亡くすという悲劇がなければ、彼は善良な人間だったのだから。

「俺は、俺はなんてことを……こんな俺に優しくしてくれた人たちだったのに……」

ヨハンは顔を覆い、慟哭《どうこく》する。

海沿いの集落で、ヨハンが手を下した者たちがどうなっていったのか、自分が一番よく知っていた。

本当は病気ではなく、恐ろしい何かによって死に至ったのだということも。

それを知りつつも、彼は自省《じせい》するどころか、優しくしてくれた者たちへ同じことを繰り返したのだ。

そこに自分の意思があるかないかなど、もはや関係なかった。

「いつも気にかけてくれたハーウェイの兄にも、テレサの弟にも、クラウスの親父さんにも……俺は、あの人たちに酷いことをしてしまったんだ」

後悔の涙を流すヨハンは、やがてポツリポツリと語り出す。

「本当はわかっていた。息子が死んだのは、誰のせいでもない。妻が死んだのも、あいつらのせいなんかじゃない。だが、許せなかった。何もかもが！　……そんな時に、唐突に現れたんだ」

「現れた……？」

繰り返すユアンに、ヨハンはコクリとうなずいた。

「あれは三ヶ月ほど前のことだ。家族がいなくなっても、仕事をしなきゃ食っていけねぇ。俺は、妻子の敵とも言える住人たちに、酒を提供し、何もなかったように相手をしなきゃいけなかった。そんなある日、酒場に見慣れない男が現れた」

ヨハンは一息つくと、話を続ける。

「客がいなくなり、酒場を閉めようとした時だった。あの男は、本当に突然――振り向いたらそこにいたんだ。ドアが開く音も、歩く足音もなかった。なのに、そこに見知らぬ男が立っていた。それも、海沿いの住人どころか、町の人間ですら滅多に見ないような、良い身なりの男だ」

「どんな男だ？」

フレイルが続きを促《うなが》すと、ヨハンは素直に話し出す。

「黒髪に、赤みの強い茶色の瞳の男だった。痩《や》せて青白い肌の。話し方もお上品で、貴族っぽかった。そいつは名乗りはしなかったが、俺はいつの間にか男に色々なことを話していた。初対面にもかかわらず、な。死んだ妻や息子のことも……海沿いの住人たちを憎んでいることも。そしたら、奴は俺に同情してくれて、不思議な道具をくれた」

「それは、ペン型の魔道具《マジックツール》では？」

ユアンはそう言って、自分の懐《ふところ》から似たような万年筆を取り出した。

「そうだ。ペン先を針のように刺すんだ。不思議なことに、相手は痛みすら感じていないようだった」

「ちょっと待って。あなたは逃げる時、その魔道具《マジックツール》を置いていったよね？　それなのに、ここでどうやってみんなを病気にさせたの？」

ルーナは、思わずそう口を出す。

海沿いの集落で見つけた魔道具《マジックツール》。それは小さな結界を作り出し、人の体内に送り込むというものだ。

しかし、あの魔道具《マジックツール》はリュシオンたちが回収し、ヨハンの手にはない。なのに何故、また奇病の被害が広がっているのか。

「これだ」

ヨハンは、ふらふらと立ち上がると、窓際に置かれた箪笥《タンス》から何かを取り出した。

彼の手にのっているのは、ルーナたちが回収したのと同じ、万年筆の形をした魔道具《マジックツール》だった。

「もう一つあったなんて……」

魔道具《マジックツール》を作り出すには、相応の技術が必要である。

当然普通の道具とは違い、込める魔法に耐え得るための材料も、特別なものが必要になる。間違っても気軽に作れるような代物《しろもの》ではない。

だからこそ、同じものがもう一つあったことに驚いたのだ。

「これは預かる」

フレイルが魔道具《マジックツール》を手に取るが、ヨハンは抵抗する様子もない。それどころか、引き出しからもう一つ、小さな箱を取り出して渡した。

「これは？」

フレイルは訊きながら、箱を開ける。

そこには、小さなガラスの小瓶が入っていた。香水瓶のような見た目をしており、その中身は黒い液体だ。

「まさか……!?」

ルーナは黒い液体を見て声をあげた。

ガラス瓶の中に入ったそれから、なんとも嫌な気配を感じ、中身を察することができたのだ。

瓶の中の黒い何か――それこそが今回の奇病のもとである、瘴気《しょうき》だった。

なぜ、瘴気《しょうき》が液体化しているのか。これをどう結界に入れるのか。ルーナたちの疑問は尽きない。

すると、ヨハンは力ない声で説明する。

「この毒は、瓶の蓋についたスポイトでペンに入れるんだ。すると、刺した相手の体内に毒がゆっくり浸透する」

「わかった。これも預かろう」

フレイルは慎重に箱を手にし、しまい込む。

人にとっては劇薬と同じで危険だ。あとで自分やシリウス、レグルスで処理をすることにする。

ヨハンは、罪を告白したこと、その証である魔道具《マジックツール》を渡したことで、憑《つ》き物《もの》が落ちたようになった。

（この人、これを毒だと思っていたんだね。話を聞くと、現れたのはあの魔族——バルナドみたいだけど、それも知らないいんだろうな……）

ルーナは、なんとも言えない気持ちになりながらも、人々を弄《もてあそ》ぶバルナドに怒りを抱く。

「とりあえず、僕たちと来てもらえますか？　あなたは知らないようだが、あなたをそそのかした者はとても危険な人物なんです」

「危険……」

「そう。このままでは、あなたに危害が及ぶ可能性もある」

ユアンの言葉に、自分の身に降りかかる危険を察したのだろう。ヨハンは、コクコクとただ首を縦に振った。

「まず、ロタの村に行きましょう。そちらに迎えを寄越してもらうよう手配するので」

理想はルーナたちと王都に戻ることだが、シリウスたちの存在を明らかにすることはできないため、大雪の中を向かうことになる。それならば、迎えを寄越した方が現実的だ。

「わかった。どんな罰でも受け入れるよ」

項垂《うなだ》れるヨハンは、今度こそ自分の行いを悔やんでいるようだった。

それがわかったのだろう。フレイルがポツリと零《こぼ》す。

「ロタの村の患者は、すべて回復させた。誰も死んだりはしていない」

「本当に……!?」

「ああ。誰一人、だ。それに海沿いの者たちも、ほとんどが回復した」

フレイルが断言すると、ヨハンは再び頽《くずお》れる。今度は安堵によるものだろう。

海沿いの集落では、体力がなかった老人が一人犠牲になった。ヨハンが許されないことをしたのは確かだ。

けれど、過《あやま》ちを認め、本当に悔やんでいる今、この場にいる誰もこれ以上責めることはできなかった。

「じゃあ、村まで行きましょう」

「はい……」

ヨハンは、両腕をフレイルとユアンに掴まれ、ふらつきながら立ち上がる。

そのまま簡単に支度をさせると、一緒に小さな小屋を出た。

しんしんと降り続く雪の中、ルーナたちは無言で歩き出す。

その時だ――

ヒュンッと黒い何かが、ルーナの横を通り過ぎた。

驚いて振り向いたルーナが見たのは、後ろにいたヨハンの腹部に突き刺さる、黒い矢だった。

(何⁉)

「ヨハンさん！」

声をあげるルーナの目の前で、ヨハンの身体が前屈みになりそのまま膝をつく。

ルーナはすぐさま彼に駆け寄ろうとするが、再度飛んできた何かにそれを阻《はば》まれた。

「襲撃だ」

「ルーナ、こっちに」

フレイルはすぐさま神宝である短剣を構え、ルーナの腕を取って走る。

大木の幹を盾にした二人は、反対方向で同じように大木の幹に隠れたユアンを見てホッと息をついた。

「誰だ！　出てこいっ！」

フレイルが叫ぶが、辺りはしんとしたままだ。

周囲を警戒しながら、皆は小屋のすぐ傍で倒れているヨハンを窺《うかが》う。

どこから攻撃されるかわからない今、ヨハンを助けに行くのは危険だ。それでも、なんとか助けるタイミングを計っている時だった。

倒れて動かなくなっていたヨハンの腕が、僅《わず》かに動く。

「生きてる！」

ルーナは喜びのまま声をあげるが、次の瞬間、凍り付いた。

うつぶせに倒れたヨハンの腰が、唐突に突き上がる。まるで腰にロープを巻き、無理矢理引っ張り上げられたかのように、だ。

次いで、右手と左足が、ビクビクと痙攣《けいれん》し出す。

尋常ではない光景に驚く中、ルーナは一つのことに気づいた。

腹部に黒い矢のようなものが刺さったヨハン。それなのに、地面にはまったく血痕がなかったのだ。

地面は降り積もった雪で、真っ白だった。血痕が見えないはずがない。

「フレイ、おかしいよ。なんで矢が刺さったはずなのに、血が出てないの？　しかも、あの矢はどこへ消えたの……？」

ルーナが言う通り、ヨハンに突き刺さった黒い矢は、溶けてなくなったかのように跡形もなく消えていた。

「あの矢はいったいなんなの？」

混乱するルーナに、シリウスが叫ぶ。

「あれは瘴気《しょうき》だ、ルーナ」

「え!?」

予想外の答えに、ルーナは目を見開いた。

彼女が知っている瘴気《しょうき》は、靄《もや》、あるいはオーラのようなものだ。

液体化することにも驚いたが、固体にもなるなど想像もしていなかった。

「瘴気《しょうき》……だとすれば……」

フレイルは、頭に浮かんだ答えに顔を歪《ゆが》める。

瘴気《しょうき》は動物を、人を魔物に変えるのだ。それを彼らはよく知っていた。

「魔物化するかもしれない」

吐き捨てるフレイルに、ルーナは息を呑む。

彼の言葉を裏付けるように、ヨハンの変化は始まっていた。

右腕が膨れ上がり、次いで左腕が――かと思えば、右足がギリギリと外に向かって捻《ねじ》れていく。

膝から上が横を向いているのに、膝下と腰から上は正面を向いたままだ。

時間を置いて、左足にも同じ現象が起こる。

さらに、首から肩にかけて筋肉が盛り上がったかと思えば、肩甲骨《けんこうこつ》が唐突に飛び出す。

そこにあったのは、人ではなく、人に近い何かに成り果てたものだった。

「魔物化……」

ルーナは、顔を歪《ゆが》めてつぶやく。

人が魔物に変わるなど、ほとんどの人間が思いもしない出来事だ。

しかし、彼女たちは、そんなあり得ない事態に幾度《いくど》か遭遇し、それが決してお伽話《とぎばなし》の類《たぐ》いではないと知っていた。

今、目の前にある光景も、紛れもない現実なのだ。

（もう、助けられない……！）

魔物化した人間は、二度と元に戻すことができない。彼らに安らぎを与える術《すべ》は、『死』のみなのだ。

「せめて、冥界に送ってやろう……それが慈悲だ」

フレイルの言葉に、ルーナは泣きそうになりながらもうなずく。

（このままじゃ、奥さんや子供にも会えないんだ。だから……）

ヨハンを倒す覚悟を決めたルーナ。それを察したのだろう、フレイルが叫ぶ。

「ルーナを頼む！」

シリウスとレグルスにそう言い置くと、彼はルーナをその場に置いて飛び出した。

「フレイ！」

ルーナは、彼に向けて〈防御魔法〉を施《ほどこ》すべく魔法語《マジックスペル》を唱える。

（また、瘴気《しょうき》の矢が飛んでくるかもしれない……）

周囲に目を配りつつ、ルーナは魔物化したヨハンと対峙するフレイルを見た。

彼らの後ろには、ヨハンが暮らしていた小屋がある。そのせいでフレイルも、背後だけは気にしなくて良かった。

魔物と化したヨハンは、すでに理性どころか知性すら手放したようだ。獣のように「グルグル」と唸《うな》り声をあげている。

ルーナは咄嗟《とっさ》に、〈結界〉の魔法を唱えた。

『ラル・イーデ・セル・カリアス』

任意の範囲に〈結界〉を張り、周囲に影響が出ないようにするための魔法。結界内から外に向けて攻撃できなくなるが、結界外からの攻撃も防ぐ。

魔物化したヨハンと、瘴気《しょうき》の矢を放ってくる刺客。

どちらも厄介で油断のできない敵ではあるが、相手が見えているだけでもヨハンの方がマシだ。

そちらに集中する意味でも、この〈結界〉は有効だった。

ルーナは、かなりの魔力を込めて結界を構築した後、ユアンと自分、二匹の神獣たちへも魔法を施《ほどこ》す。

間髪《かんはつ》容《い》れず、五メートルほど離れた場所にいたユアンが、ロングスタッフを構えて詠唱を始めた。

もともとはチャクラムだった、ユアンの神宝。

その形態をまったく違うものに変えたのを見て、持ち運びしやすいように縮めた形をイメージしたらその通りになったのは、最近のことだ。

これによってルーナのロッドも、普段は五センチほどの長さにしてある。彼女はそれにチェーンをつけて、首から提げているのだ。

その形態にした時、「魔法少女のステッキだ……」と彼女がつぶやいたのはご愛敬である。

『リグ・リデ・グローム』

魔法語《マジックスペル》の完了と共に、ロングスタッフを構えたユアンの周囲に、何本もの火の矢が出現した。それらは、すかさず魔物化したヨハンに向かっていく。

――ドンドンドンドンッ

爆音を立てて、火の矢が続けざまにヨハンであったものに当たる。

普通の人間ならば、それだけで身体がバラバラになってしまうような攻撃だ。しかし、魔物化したヨハンは、あちこちを損傷しながらも立っている。

(アレは、もう、違うんだ……)

ルーナは悲しみを隠さず、ヨハンを見る。

彼女とて、助けられるならば助けたい。だが、奇病から回復させたように彼を救うのは無理なのもわかっていた。

瘴気《しょうき》によって魔物化すれば、『人間』とは違う生き物に変質するのだ。

以前の状態に戻すとなれば、それはもう神の領域だろう。

「グガガガァ!」

獣のような咆哮《ほうこう》をあげ、ヨハンは何度も飛んでくる火の矢を片っ端から両手で払う。腕や手のひらに傷を負うが、それを気にした様子はなかった。

恐らく魔物化したことで、理性や知性のみならず、痛覚すらもなくしたのかもしれない。

それでも魔法攻撃によって、ヨハンの身体は傷ついていった。

『リグ・ローム・ブラウド・アーグ』

ようやく雨のように降り注ぐ火の矢がおさまったところで、再度唱えられた魔法語《マジックスペル》によって、次なる魔法が完成する。

大きな炎が、風を纏《まと》って出現し、瞬時に攻撃対象に襲いかかる。

咄嗟《とっさ》に自分の身を庇《かば》おうとしたのか、魔物化したヨハンは飛んできた炎に手を伸ばした。

炎とヨハンの手——それが接触した刹那《せつな》、ドガァンと大きな音と共に、炎が爆発する。

「グギャァァァァ」

鈍かっただけで、痛覚は残っていたのか。

辺りに絶叫を轟《とどろ》かせ、魔物は自分の左腕を掴んで悶え苦しむ。その左腕の先は、先ほどまであった手がなくなっていた。

ユアンの神宝は、自身の魔法攻撃力を高めるもの。それが遺憾なく発揮された結果だった。

怯《ひる》むヨハンだが、その回復を待つ馬鹿はいない。

『ジ・ケージ』

フレイルは短い魔法語《マジックスペル》と共に、自身に〈身体強化〉を施《ほどこ》す。そして、地を蹴ってヨハンに飛びかかる。

反射的に、右手で頭を庇《かば》うヨハン。

その腕へ、フレイルの短剣が振り下ろされた。

「ギィヤァァァァ」

めり込んだ刀身が、力一杯引き抜かれる。そしてさらに振り下ろされた。

突き刺し、切り裂く。

自身の身体能力を強化したフレイルの攻撃に、ヨハンは気圧《けお》されて後ろへ退く。だが、そこへ容赦なくフレイルが踏み込んだ。

さらに、ユアンが絶えず攻撃魔法を放つせいで、ヨハンは防戦一方になる。

その危なげない戦いを見たシリウスとレグルスは、あえて助っ人はせず、ひたすらルーナの傍で彼女を護《まも》っていた。

一方ルーナは、周囲に気を配りつつ戦闘を見守り、手を出すことはない。

魔力は、ある程度の時間と共に回復する。ルーナのように溢《あふ》れるほどの魔力を持つ者だと、使い切る前に回復していくため、普段はさほど魔力切れを意識することはなかった。

だが、そんなルーナも、今日は一日中魔法を使い続けている。いつもほどの余力はない。

また、瘴気《しょうき》の矢によりヨハンを魔物にした誰かがいると考えれば、さらなる戦闘も予想される。

それに備え、ここは魔力を温存すべきだと判断したのだ。

それでも時折、戦闘で手一杯になっている二人へ〈防御魔法〉などの能力アップ魔法を施《ほどこ》す。

しかし、その戦闘も、もう終わりが見えてきた。

魔物化したとはいえ、神宝という武器を手にした彼らの敵ではない。

両手をなくし、攻撃がなおも単調になったヨハンでは、これ以上どうにもできなかった。

「ハッ！」

気合と共に、フレイルの短剣がヨハンの喉仏を切り裂く。

同時に、ユアンの放つ炎の魔法が、追い打ちをかけた。

「グギャァァァアア！」

断末魔の叫びを上げ、ヨハンだったものは、その場に崩れ落ちる。

動かなくなった身体は、人とは思えない異形のものだ。

ヨハンが犯した罪を考えれば、無罪放免とはいかなかっただろう。それでも、こんな魔物として死んでいいものではない。

「なんで、人の運命を狂わせるの？　どんな権利があるっていうの……！」

ルーナは、悔しげに声を荒らげる。

すると、そんな彼女に応えるように、しんとした森の中に高らかな哄笑《こうしょう》が響き渡った。

「ハハハハハハッ。狂わせるとはおかしなことを」

その場にいた全員が、声の方向へと注目する。

ルーナによって張られた結界のすぐ外に、一人の男が立っていた。

黒髪の細身の男。

仕立てのよいカントリー・フロックに、トラウザーズを身につけたその姿は、雪深い森の中にはいかにも不釣り合いだった。

「バルナド……！」

ルーナに睨《にら》み付けられ、男――バルナドはニヤリと笑ってみせる。

幾度《いくど》となく彼女たちの前に現れ、行く手を阻《はば》んできた魔族。そんな男がまたしても現れ、ルーナは不快感を隠せなかった。

「いずれここに辿り着くとは思いましたが、意外に早かったようですねぇ」

「いったい何を企《たくら》んでいる⁉」

フレイルは、短剣を構えて問う。

「企《たくら》む、ねぇ？　そんなつもりは毛頭ないのですが……」

バルナドは困ったと言わんばかりに、自身の頬を人差し指でトントンと叩く。

「じゃあ、何しに来たのよ」

「おやおや、せっかちなお嬢さんですねぇ。人に尋ねたいことがあるならば、それなりの態度というものがあるのでは？」

「ふざけないで！」

ルーナはカッとなって叫ぶ。

すべてが遊びの一環だとでも言うような、バルナドの悪びれない態度が我慢ならなかった。

「だから、ふざけてなどいないと言っているでしょうに」

バルナドは不快そうに吐き捨てると、右手を軽く横に振った。

次の瞬間、パァンッと破裂音が響き渡る。

ルーナが張った結界が、いとも容易《たやす》く破られたのだ。

「嘘……」

唖然とするルーナに、バルナドはニヤリと口角を上げる。

ヨハンを魔物に変えた瘴気《しょうき》の矢。

そんなものを放つ敵となれば、一番可能性が高いのが魔族である。そう思ったからこそ、ヨハンと戦っている最中に攻撃されても耐え得るような、強い結界を築いたはずだった。

しかも、神宝であるロッドのおかげで、彼女の能力も底上げされている。

魔族といえども、そうそう破られるはずはないと思っていたのだ。

けれど、そんなルーナの思い込みを、バルナドはあっさりと打ち砕く。

「そのように驚かれるのは心外ですなぁ。自分の力を少しばかり過信しているのでは？　ああでも、あなたにかけた術を解かれたのには感心したのですよ。まぁそれも、ネイディア様が目覚めたばかりで本調子ではなかったからなのでしょうが」

「術……王女は、本当に魔族なのか？」

フレイルが問うと、バルナドは面白がるように答える。

「そうですよ。正確には、ようやく魔族として目覚められた——というのが正しいのですがね」

「人が魔族になるなど……おまえたちはアンセルやここで、それを実験しているというのか？」

勢い込むフレイルに、バルナドは「やれやれ」と呆れた様子で両手のひらを天に向ける。

「はぁ、お門違いもいいところですねぇ。君たちのような下等な『人』をいじくったとしても、せいぜいが『魔物』となるのが精一杯。我らのような完璧な『魔族』になど成れるわけもないでしょう。そんなこともわからないのですか？」

「じゃあ、なんでこんなことをしたの？」

「実験ですよ、実験。人にとって瘴気《しょうき》がどのくらい毒になるのか——その量や期間などを調べてみたかったのです。なかなか面白い実験だと思いませんか？」

「ふざけるな！　実験だって？　おまえたちがやっているのはただの遊びだ」

責め立てるユアンに、バルナドが感じ入ることはない。

「ああ、そう言われてみれば、確かにそうかもしれないですね。これは遊びだ。それも、心に闇を抱える者を駒にした、ね」

バルナドが言う駒とは、ヨハンのことだろう。

バルナドにとっては、海沿いの集落や、このロタの村は盤上に他ならず、そこに住む人間やヨハンは、その上で動くただの駒なのだ。

魔族は、自分がそうしたいと思ったからする、という理由だけで行動している。そのことが、ルーナたちを怒らせているのだと、本気でわからないのだ。

あるいはわかった上で楽しんでいるのだろう。それが魔族の性《さが》だ。だからこそ危険で、人とは相容れない。

(でも、本当にそれだけだろうか……)

ルーナは、怒り心頭で冷静さを欠いていた自分に気づき、そう考え直す。

バルナドが語ったのも、理由の一つかもしれない。けれど、それだけというのが彼女には引っかかった。

そもそも人の生命など、虫けら同然と思っている連中である。

今回のことで死者が出てはいるが、体力さえ回復できれば、あの状態でも長く生きることは可能だった。

殺そうと思えばいつでもできるのに、それをしなかった矛盾に思い当たったのだ。

「違う……」

「何がだい、お嬢さん」

ルーナのつぶやきに、バルナドは余裕ぶって返す。

彼女は、半ば無意識に、ぐるぐると頭を巡る考えを口にした。

「本当に実験だった？　魔物にする？　……違う、あの状態で生かしたかった？」

ルーナ自身も確信ある言葉ではなく、ただ疑問を一つずつ述べただけ。しかし、そんな彼女のつぶやきに、バルナドが一瞬だけ表情を変えた。

その瞬間を、ルーナは見逃さなかった。

(何……？　いったい何に反応したの？)

なおも反応を引き出そうと、ルーナは口を開きかける。だが、そんな彼女を、それまで余裕綽々《よゆうしゃくしゃく》で話していたバルナドが遮《さえぎ》った。

パンパンッと手を叩き、バルナドは言い放つ。

「さて、そろそろ質疑応答の時間は終わりですよ」

「自分で勝手に答えておいて、勝手だな」

「なんとでも。それが魔族というものですし」

フレイルの皮肉を笑顔で躱《かわ》し、バルナドは口元を歪《ゆが》めた。

そこには、先ほど一瞬だけ見せた動揺は欠片《かけら》も浮かんでいなかった。

「それでどうすると？」

バルナドの一挙手一投足を凝視しながら、ユアンが訊く。

「それはもちろん。――こうするんですよ」

刹那《せつな》、バルナドが軽く右手を払った。それと同時に、ルーナへ恐ろしいほどの強風が襲いかかる。

「キャアァ！」

「ぐはっ」

「うぐっ」

ルーナを護《まも》っていた二匹の神獣ごと、彼女は後方に吹っ飛ばされた。

「「ルーナ！」」

フレイルとユアンが叫ぶ。

「うぅ……」

積もった雪がクッションになったおかげで、ルーナに大きなダメージはない。しかしそれでも、受けた衝撃は凄《すさ》まじかった。

胸部に強い衝撃を受けたせいで息が詰まり、声も出ないルーナ。

同じく飛ばされたものの、即座に受け身を取ったシリウスとレグルスは、すぐさまルーナに駆け寄り、その前に庇《かば》い立った。

「ふむ、やはり忌々《いまいま》しいソレのせいですか……」

バルナドは目を細め、ルーナの持つロッドを見る。だがすぐに視線を外し、今度はフレイルに向けてこぶしを突き出した。

上に向けたこぶしを開くと、青白い炎がバルナドの手のひらに現れる。

彼が軽く手を揺らした瞬間、そこにあった炎は、猛スピードでフレイルに向けて飛んでいった。

「フレイル！」

ユアンが悲痛に叫ぶ。

ルーナは声が出ず、目を見開いてそれを見ていることしかできなかった。

――ドゥオン！

手のひらにのるような小さな炎が、フレイルの目の前で破裂する。

その光景は、魔物と化したヨハンへ、ユアンが行った攻撃と酷似していた。しかも、作られた炎は小さいにもかかわらず、その威力は桁違いである。

「フレイル、無事なのか!?」

巻き上がる雪で視界が遮《さえぎ》られ、フレイルの姿が見えない。

ユアンは祈るような気持ちで、親友の名を呼んだ。するとすかさず、舞い上がる雪の向こうから、フレイルの声がした。

「大丈夫だ」

フレイルは左手で〈防御魔法〉を展開し、右手の短剣を交差させるようにして、自身を護《まも》っていた。

それでも無傷とはいかなかったようで、頬には血が滲《にじ》み、左手は血だらけになっている。

「フレイ！」

ようやく声が出るようになったのか、ルーナは彼の名を呼んだ。

ふらふらと覚束《おぼつか》ない足取りで、彼女はフレイルに近づく。それを護《まも》るように、また、バルナドを警戒しつつ二匹が続いた。

一方バルナドは、「ふむ」と一人うなずきながら、その光景をただ見ている。

「やはり、あの護《まも》りが厄介だな。だが、殺さない程度に攻撃するのは有効か。傷を負わせ、弱らせるのが良いか……」

独りごちたバルナドは、フレイルまで一メートルほどまで近づいたルーナに向け手を伸ばし、軽くその指を鳴らした。

パチリ。

指が鳴ると同時にバルナドの前に現れたのは、炎ではなく今度は青白い氷の塊《かたまり》だった。

直径十五センチほどの塊《かたまり》は、再度バルナドが指を鳴らすと、それを合図にルーナへ向けて襲いかかる。

目にも留まらぬ速さで向かってくる氷の塊《かたまり》。

だがそれは、ルーナの前に立ち塞《ふさ》がる神獣たちによって防がれる。

シリウスとレグルスが同時に咆吼《ほうこう》すると、黄金と白銀の光が混じり合い、彼らの前に盾を形作ったのだ。

氷の塊《かたまり》は、衝突の衝撃で四方八方に欠片《かけら》を散らして消える。

しかし、安心したのは一瞬だった。

ルーナへの攻撃が防がれた途端、バルナドの標的がユアンに変わった。

再度バルナドが指を鳴らすと、先ほど同様、氷の塊《かたまり》が出現する。だが今度は一つではなく、何個もの塊《かたまり》がそこにあった。

「嘘でしょ」

一つでも驚異的な威力だったのだ。

それが、数個。

青ざめるルーナたちを嘲笑《あざわら》うように、氷塊が一気にユアンに向けて放たれた。

すぐさま〈防御魔法〉を展開するユアン。

しかし、それとて防げるにも限界がある。一つだけならともかく、続けざまに襲いかかる氷塊には耐えきれなかった。

パリンッとガラスが砕けるような音がし、ユアンの魔法が破られる。

だがその時には、ルーナとフレイルの魔法が同時に展開されていた。

〈防御魔法〉が破られた瞬間に、一つの氷塊がユアンの頬をかすめる。けれど、直後には新たな魔法が発動したため、その後の攻撃は防がれたのだった。

パンッ、パンッ、パンッ。

ゆっくりと、大きな拍手がルーナの耳に届く。

拍手をしたのはバルナドで、彼は大げさに目を見開いた。そして慇懃《いんぎん》な態度をやめ、一転、傲岸《ごうがん》に言い放つ。

「これはこれは。昔に比べると随分強くなったものだ」

過去、何度もバルナドと対峙したルーナたち。

その時は、彼が言うように一方的に嬲《なぶ》られていたというのが正しかった。

ルーナたちが生きているのは、魔族の気まぐれゆえである。それほど、魔族というのは人とかけ離れた強さを持つ者たちなのだ。

「いつまでも、優位に立てると思うな」

「僕たちだって、成長しているんだ」

フレイルとユアンは、神宝を構えてバルナドを睨《にら》み付ける。

そんな彼らを、バルナドは面白いものを見たというように笑った。

「成長ねぇ。君たちが我らに対抗できるのは、その失われた神具ゆえ。しかも、まだ完全には使いこなせていないじゃないか。それなのに、あんな攻撃を防いだだけで対等だと？　本当に笑わせてくれる」

(使いこなせてない？　そうなの……？　ううん、惑わされちゃだめよ)

ルーナは一瞬揺らいだ自分を叱咤《しった》し、バルナドを強く睨《にら》んだ。

「今度はこちらから行く」

フレイルは言うが早いか、バルナドに襲いかかる。

自身に施《ほどこ》した〈身体強化〉によって、一瞬でその距離を詰めたフレイルは、そのままバルナドに短剣を振り下ろす。

それをバルナドは、片手でもって受け止めた。

彼の青白い手は、黒い靄《もや》によって防護されているようだ。しかし、攻撃を加えた短剣は、神が授けたという神宝。

その刃先は黒い靄《もや》を切り裂き、バルナドの手のひらに到達した。

さらに続けざま、フレイルは詠唱を唱える。

『エラン・リデ』

現れたのは、無数の氷の矢。

それが間髪容《かんはつい》れず、バルナドに向けて飛んだ。

だが、敵もさるもの。無軌道に飛んでくる氷の矢をバックステップで華麗に避ける。それでもいくつかの矢は避けきれず、バルナドを傷つけた。

「ふっ……ふははははっ。下等生物が我らに傷をつけるか。まこと神具とは恐ろしいものだ」

「まだ余裕ぶっこいてるのかよ」

フレイルが吐き捨てると、バルナドは心外だと言わんばかりに眉を上げた。

「余裕？　当たり前じゃないか。おまえたちの力は、神具に頼ってのもの。決して自分の強さではないのだから、それを手放させればいいだけだ。……そうだな、その腕ごと切り落としてやればいいか」

神具——神宝がなければ、おまえたちなどなんの脅威にもならない。

そう突きつけるバルナドだが、それを聞いたユアンは「ふっ」と笑ってみせた。

「神宝の力でもなんでも、魔族に対抗できるのは確か。過程なんてどうでもいいと思うけどね」

「そういうことだ。手段なんかどうでもいいんだよ！」

魔族に比べれば、人間などどか弱き存在なのだ。

勝つためにがむしゃらになって、どこが悪いのか。

開き直りとも言える二人の言葉に、バルナドは意外にも苦く顔を歪《ゆが》めた。

「おまえたち『人』は、そうやって手段を選ばず、数で我らを追いやった。美学もない、本当におぞましい生き物だよ」

「圧倒的強者だと言うなら、その人数差もひっくり返せばいいだけじゃないか」

ユアンはにっこりと笑いながら、バルナドを挑発した。それは的確に、彼の高いプライドを刺激する。

（ユアン兄様、意外と毒舌いけたのね……）

思わず感心してしまったルーナだが、バルナドにとっては笑い事ではない。

下等生物と見下している者に、馬鹿にされたのだ。それも、否定できない真実でもって。

魔族は過去に一度、人に敗北し、表舞台から消えた。

どう言い訳しようとも、その事実はバルナドにとって汚点だった。

「貴様ぁ……そんなに死にたいのならば、望み通り殺してやろう！」

激高したバルナドが叫ぶ。

いつもふざけた態度でルーナたちを翻弄《ほんろう》していたバルナドが、初めて感情を露《あら》わにしたのだった。

「腐食の術をかけてやろう。生きながら腐り果てる自分に絶望するがいい」

そう言ってバルナドは、ユアンを指差す。

恐怖がないわけではない。だがユアンは、それに怯《ひる》むことなく軽い調子で言った。

「ちょっと挑発しすぎちゃったかな。ま、いい加減ムカついてたし、言いたいことが言えたからいいか」

苦笑するユアンだが、その目は欠片《かけら》も絶望していない。

その証拠に、彼はしっかりとロングスタッフを構え、魔法の詠唱に入った。

「ならば、満足して逝け」

ひたすら冷たく、バルナドは言い放つ。

次の瞬間、彼の手から黒い何かがユアンに向けて飛んでいった。

ヨハンを貫《つらぬ》いた瘴気《しょうき》の矢に似ているが、それよりももっとドロドロとした、蠢《うごめ》くものだ。

一方ユアンも、魔法の詠唱を完成させていた。

彼のロングスタッフが輝き、そこから青白い炎が噴き出す。それが炎の龍となり、口を広げてバルナドに向かっていく。

さらにルーナとフレイルもまた、ユアンに合わせて魔法の詠唱に入っていた。

二人が放った風の魔法が、青白い龍を後押しする。

そして、対面する両者の間で、黒と炎龍が激突した。

「何⁉」

信じられないといった様子で、バルナドは驚愕の声をあげる。

バルナドの黒い攻撃は、龍の顎《あご》に切り裂かれた。さらに龍は動きを止めることなく、突き破った勢いのまま、バルナドに襲いかかる。

咄嗟《とっさ》に障壁を張ろうとするバルナド。

しかし炎の龍は、その障壁すら切り裂いて、敵の首へ食らいつく。

「ギイヤァァァァ」

神宝から放たれた魔法には、神の力が宿るのだろう。

最大限魔力を高め、浄化の力を帯びたそれが、ユアンの作り出した炎の龍に託されたのだ。

バルナドは、引き裂かれた首元を右手で押さえる。その手の隙間からは、鮮血ではなく、黒い何かが流れ落ちていた。

(血じゃない……)

ルーナは今さらながら、バルナドという魔族が、人とはまったく違う生き物だと実感する。

一方バルナドは、少なくないダメージを受け、その顔を変化させていた。

肌は人にはあり得ない青ざめたものになり、瞳孔は赤く、白目の部分が真っ黒に変わる。

自分より劣る存在に傷つけられた――その怒りの形相と相まって、まさに悪鬼のごとくだった。

「おのれ……おのれ、矮小《わいしょう》な虫けらが……」

バルナドは怨嗟《えんさ》の声を漏らしながら、傷口を押さえた手とは反対の手を伸ばす。刹那《せつな》、手から黒い靄《もや》が噴き出した。それは一瞬で凝固し、黒い矢へと変わる。そして、ルーナたちに向けて襲いかかった。

ルーナは咄嗟《とっさ》に〈防御魔法〉を唱える。長い詠唱をする余裕はなく、下位のそれを唱えるのが精一杯だった。

『ラノア・リール』

だが、彼女自身の強大な魔力と神宝によって、障壁は神気を帯びる。それにシリウスとレグルスが被せるように自身の力を込めた。

ガンガンガンガンガンッ！

続けざまに黒い矢が魔法障壁に当たり、大きな音を立てる。中には障壁に食い込むものもあったが、それ以上は進むことなく防がれる。

「何っ⁉」

バルナドの口から、驚愕の声が漏れる。

自分を傷つけるだけではなく、攻撃すら防がれたことが信じられなかったのだ。

(何故だ、何故……この傷も塞《ふさ》がらぬ。何故……！)

バルナドの長い生の中、一、二度と言っていいほどあり得ない危機。それは遠い昔、数によって追い詰められた自分たちが、フォーン大陸を追いやられた時のみだ。

時間が経ち、魔族の数はさらに減ってしまったものの、人間たちはその繁栄と引き替えに強力な魔法をいくつも失った。

さらに脆弱になった人に、魔族が負けるはずがない。

そう高をくっていたバルナドは、現状をまったく受け入れられなかった。

「許さんぞ、虫けらがぁぁ！」

バルナドは、両手を前に突き出す。傷口を押さえていた手が外されたことで、どくどくと傷口から黒い靄《もや》のようなものが溢《あふ》れ出す。

「欠片《かけら》も残さず消えてなくなるがいい！」

叫ぶと同時に、バルナドの手から無数の黒い靄《もや》が溢《あふ》れ出る。それは次の瞬間、大きな黒い塊《かたまり》となった。

「しぃちゃん、れぐちゃん、もう一度行くよ！」

「「応《おう》！」」

「ユアン、こっちも行くぞ！」

「了解！」

ルーナは再度魔法語《マジックスペル》を唱え、強固な障壁を自分たちの前に作り上げる。そこへシリウスとレグルスが力を込め、さらに堅固なものへと高めた。

一方フレイルは、短剣を構えたまま詠唱に入る。唱えたのは風系魔法。暴れる風を封じ込めた塊《かたまり》を敵に放つもの。

バルナドが放った黒い塊《かたまり》に、それが激突する。力と力のぶつかり合いに、凄《すさ》まじい風が巻き起こり、辺りに爆音が響き渡った。

黒い塊《かたまり》は、フレイルの風の塊《かたまり》に押し勝ち、ルーナたちへ向かってくる。けれど、フレイルの魔法によって、その勢いは確実に弱まっていた。

再度爆音と爆風を周囲に巻き起こし、黒い塊《かたまり》が障壁に衝突する。だが、力を削《そ》がれたそれに、強固な障壁を壊すほどの力は残っていなかった。

「次はこっちの番だ！」

ユアンの叫びに呼応するように、青白い炎がバルナドに襲いかかる。

さらにはフレイルが、ルーナが、そしてシリウスとレグルスが、ユアンの魔法へ力を注ぐ。

本来、魔法は他人のそれに干渉しない。同じ魔法を同時にかけたとしても、それぞれは独立したままである。障壁であれば、二枚、三枚になるといったようにだ。

しかし、各々《おのおの》が神宝を介している、また神気を纏《まと》った神獣の力であることが作用したのだろう。ユアンの魔法は加えられた力を呑み込み、自分のものとした。

一瞬にして数倍に膨れ上がる魔力。

青白い炎は、眩《まぶ》しいほどの白に変わり、その姿を龍の頭部に変える。人ひとりの大きさほどになったそれが、くわっと口を開けた。

「なんだと……!?　やめろ、来るな！」

バルナドの顔に、初めて恐怖が浮かぶ。

炎の龍は、口を大きく開けたまま彼に襲いかかった。

「ギィヤァァァアア！」

バルナドの首から下を、龍の顎《あご》が捉《とら》えた。

それだけで、彼の身体の大半が一瞬にして消える。残ったのは、頭部と歪《いびつ》に繋《つな》がった手足だけだ。

「嘘だ、そんな……」

愕然とするつぶやきが、残った頭部から紡がれる。

だがその頭部も無事ではなかった。空気が抜けるように、バルナドの顔が萎《しな》びていく。ほんの数秒の間に、彼の顔は皺《しわ》くちゃの老爺《ろうや》と化していた。

「……こんな、こんなことがあって良いはずがない。下等な『人』如《ごと》きに、我らが。こんな傷など、すぐに、すぐに治せる」

しわがれた声で、バルナドは自分に言い聞かせる。

だが、彼の傷は消えることはなく、むしろ広がるばかりだ。僅《わず》かに残っていた箇所が、じわじわと白い炎に焼かれ、消失していく。

自分が死ぬ――そんなことを想像もしたことがなかっただろう魔族は、今その恐怖を感じ、戦《せん》慄《りつ》した。

「そんなはずはない。我が『人』に倒されるなど……あってはならんのだ……」

バルナドはそう言った後、うつろな眼差しのままもごもごと口を動かす。

もはや何をつぶやいているのか、聞き取ることが困難なほど小さな声。

しかし、その規則正しい口の動きに、ルーナはハッと息を呑む。

「あれは、魔法の詠唱!?」

彼女の叫びに被せるように、バルナドの声が響き渡る。

魔族は魔法の行使に詠唱を必要としない。それゆえに、それが魔法の詠唱だと気づくのが遅れたのだった。

どんな魔法かは、ルーナにもわからない。だが、普段口にしない詠唱が必要なほどなのだ。とてつもなく危険な魔法だと感じる。

「だめ、逃げなきゃ……！」

ルーナは叫ぶと同時に、自分たちを中心に〈結界〉を張る。フレイルとユアンも被せるように、〈結界〉を展開した。

それと同時だった。

『……ルダ・エルヴラ・シュルグ・ベイ・フェリド』

――バルナドの詠唱が、完了した。

その瞬間、バルナドの残された身体から、爆発するように黒い何かが弾け飛ぶ。

一度広がった霧状のものは、不気味な骸骨《がいこつ》を描くと、再び霧となってルーナたちに襲いかかる。

最初に、ユアンの結界に霧が触れた。

すると、ビシビシと結界にヒビが入り、一気に結界が解かれる。だが霧は消えることなく、次にフレイルの結界を侵食する。

(だめだ、あれに触れたら絶対だめ！)

ルーナは、自身の結界に魔力を注ぎ込む。

フレイルの結界にもヒビが入り、今にも解かれそうだった。そうなれば、残すは自分が作った結界のみだ。

死の霧。魔族の生命と引き替えに放たれるもの――なぜだかルーナの脳裏にそんな知識が浮かぶ。

ユアン、フレイルと二つの結界を壊してなお、霧の勢いは止まらない。

（なんとか耐えなきゃ……！）

そう思うものの、無情にも結界にピシリとヒビが入る。

まだ壊れてはいない。だがそれも、時間の問題だ。

皆が覚悟を決めた時、ルーナの視界に緑の羽根がはためいた。

「え？」

恐怖のためか、これまで出てこなかったエメラルダが、その場に顕現《けんげん》していた。

「何を……」

そう尋ねようとしたルーナに、エメラルダは顔だけこちらに向ける。

『あいつ、死んで、呪い、解けた。王たち、いるの、ネビュリンド。どうか、助けてあげて』

エメラルダはそれだけ言うと、正面を向く。そして、ヒビの入った結界に小さな手を伸ばす。

『ユアン、ありがと。幸せ、だった。大好き、だよ』

「エメラルダ？　待て、やめろ！」

ユアンが叫ぶが、エメラルダは振り返ることなく、背中の羽根を大きく広げた。

次の瞬間、彼女の身体が光り、結界全体を明るく照らす。

その光が結界内に充満した時、エメラルダの小さな身体が光となって消えた。

「エメちゃん⁉」

ルーナは叫んで、エメラルダの姿を必死で探す。

しかし、どこを向いても彼女の姿はなかった。その代わりに、光は結界を越えて輝き、覆い被さろうとしていた黒い霧を駆逐《くちく》していく。

その光景に、先ほどの意味を知る。

エメラルダは、自分の生命と引き替えに、あの死の霧を払ったのだ。

皆を助けるため。自分の主人である、大好きなユアンを助けるために。

「どうして……どうしてよ！」

ルーナは、ただ繰り返す。

エメラルダと過ごしたのは、本当に短い日々。呪われて苦しくて、それでも弱音を吐くこともなかった気高い精霊。

もっと一緒に過ごしたかった。

ずっとずっと、ユアンのもとで幸せに過ごすはずだったのだ。

「ごめん、エメラルダ。ごめん……」

ユアンは静かに泣いていた。

精霊使いとその契約精霊との絆《きずな》は、なによりも特別なもの。

もう一人の自分と言っても過言ではないほど、大切な存在なのだ。

ユアンは、そんな精霊をなくし、心に大きな穴が空いたのを自覚する。

（こんな犠牲いらなかったよ……）

そう思うものの、彼女のおかげで皆が生きているのもまた事実。

（僕がもっと強ければ……もっと、もっと……）

自分を責めるユアンを察したのか、フレイルはそっと彼の肩に手を置いた。

「エメラルダは、おまえを守りたかったんだ。俺たちは、エメラルダのためにも生きなきゃいけない。そして、彼女の願いを叶えてやろう」

彼女の願い。

精霊王を助けてほしいという、最後の願い。

ユアンのみならず、その場にいた全員がそれを叶えることを誓う。

「もっと、強くならないと……」

「そうだな。俺もだ」

「わたしも」

その決意に呼応するように、大粒の雪が空から無限に落ちてくる。

ユアンは、天を仰《あお》いでつぶやいた。

「僕の、最初で最後の精霊。ありがとう――」

†

——ガシャン！

投げつけられたグラスが、勢いよく壁に当たって砕け散る。

薄暗い部屋の中、グラスを投げつけた少女が、おさまりきらない気持ちのまま肩を上下させていた。

「なんで！　なんでよ！」

親指の爪を噛み締め、少女——ネイディアは顔を顰《しか》める。

仲間だからか……それとも同じ種族ゆえか。彼女は、自分の腹心であるバルナドの死をはっきりと感じた。

「人間如《ごと》きにバルナドが倒されるなんて……！　ラウル！　ラウル!!　……なんで、なんで呼んでも来ないのよ！」

バルナドとは違い、ネイディアを崇めることはなく、常に距離を保って接しているラウル。

それでも同じ魔族であり、仲間だと思っていたが、二ヶ月ほど前からまったくネイディアの前に姿を現さなくなった。

どんなに呼びかけても、応じることはない。

ラウルの態度は、ネイディアにとって面白いものではない。しかし、魔族とは、本来自分本位な生き物である。

それゆえに、最低限の命令さえ聞いていれば、自分勝手な行動をしても目をつむっていた。

だが、バルナドがいなくなったことは、当然ラウルも感じ取っているだろう。にもかかわらず、いまだ魔族の女王であるネイディアの呼びかけにすら応えないのだ。

「いったい、何をしているの」

もともと数の少ない魔族は、人との争いの中でさらに数を減らした。

深い傷を負い、いつ目覚めるかわからない状態の者も多い。

そのため、自由に動き回れる強き者は、バルナドとラウルだけだったのだ。

「――なのに、バルナドが消え、ラウルも行方不明だと」

ネイディアは、自分をこんな状況に追い込んだルーナを思い浮かべ、眉間に皺《しわ》を寄せる。

「あの女、またわたくしの邪魔をするのね……」

無意識につぶやいた後、ネイディアはハッと息を呑んだ。

（また……？）

自分の発言に違和感を覚えた途端、彼女の足下がふらつく。

よろけながら彼女の脳裏に浮かんだのは、二人の女性の姿。

キトンのような白い布の衣装を着た二人の顔はシルエットになっていて、その顔立ちまではネイディアにもわからない。

「――ああ、そういうことだったの」

しばらく経って、ネイディアは誰に言うともなくつぶやいた。
そして、ニタリと口元を緩《ゆる》めたのだった。

新＊感＊覚　ファンタジー！

Regina レジーナブックス

レジーナブックス Regina

最強モブ令嬢現る!!

乙女ゲームは終了しました

悠十《ゆうと》

イラスト：縞

貴族の子息令嬢が通うとある学園のパーティーでは、今まさに婚約破棄劇が繰り広げられていた。王太子が、婚約者である公爵令嬢をでっちあげの罪で国外に追放しようとしているのだ。その時、公爵令嬢に寄り添うべく、一人の騎士がかけつける。見つめ合う公爵令嬢と騎士。それを外野から見ていた、男爵令嬢のアレッタは思った。『え、あれ？　その騎士、私の婚約者なんですけど……』

詳しくは公式サイトにてご確認ください。

https://www.regina-books.com/

携帯サイトはこちらから！

新＊感＊覚 ファンタジー！

レジーナブックス Regina

レジーナブックス Regina

史上最凶の少女、
降臨。

転生ババァは見過ごせない！1〜2

〜元悪徳女帝の二周目ライフ〜

ナカノムラアヤスケ
イラスト：タカ氏

恐怖政治により国を治めていた、ラウラリス・エルダヌス。人々から「悪徳女帝」と呼ばれ、恐れられた彼女の人生は、齢八十を超えたところで勇者に討たれ、幕を閉じた。――はずだったのだが、三百年後、ひょんなことから見た目は少女・中身はババァで元女帝が大復活!? 二度目の人生は気ままに生きると決めたラウラリスだが……元悪徳女帝の鉄拳制裁《おせっかい》が炸裂!?

詳しくは公式サイトにてご確認ください。

https://www.regina-books.com/

携帯サイトはこちらから！

RC
Regina COMICS
大好評
発売中!!
異世界でカフェを開店しました。
1〜9
原作
甘沢林檎
Ringo Amasawa
漫画
野口芽衣
Mei Noguchi
アルファポリスWebサイトにて
好評連載中!
異世界でカフェを開店しました。9
Regina COMICS
甘沢林檎
野口芽衣
バカンスでLet'sクッキング!
初めての旅行先で海の家をオープン!?
異世界クッキングファンタジー
待望のコミカライズ!
突然、ごはんのマズ〜い異世界にトリップしてしまった理沙。もう耐えられない! と食文化を発展させるべく、カフェを開店。噂はたちまち広まり、カフェは大評判に。精霊のバジルちゃんや素敵な人達に囲まれて異世界ライフを満喫します!
B6判・各定価:本体680円+税
(電子含む)
シリーズ累計116万部突破!
アルファポリス 漫画
検索

アルファポリスWebサイトにて
好評連載中!

大好評発売中!

待望のコミカライズ!

〝聖女〟と呼ばれるほどの魔力を持つ治癒師のリーナは、ある日突然、勇者パーティを追放されてしまった! 理不尽な追放にショックを受けるが、彼らのことはきっぱり忘れて、憧れのスローライフを送ろう!……と思った矢先、幼馴染で今は貴族となったアンリが現れる。再会の喜びも束の間、勇者パーティに不審な動きがあると知らされて——!?

アルファポリス 漫画 検索

B6判/定価:本体680円+税/
ISBN 978-4-434-27796-2

この作品に対する皆様のご意見・ご感想をお待ちしております。

おハガキ・お手紙は以下の宛先にお送りください。

【宛先】

〒150-6008 東京都渋谷区恵比寿 4-20-3 恵比寿ｶﾞｰﾃﾞﾝﾌﾟﾚｲｽﾀﾜｰ 8F
（株）アルファポリス　書籍感想係

メールフォームでのご意見・ご感想は右のＱＲコードから、
あるいは以下のワードで検索をかけてください。

アルファポリス　書籍の感想　検索

ご感想はこちらから

リセット14

如月ゆすら（きさらぎ ゆすら）

2020年 9月 5日初版発行

編集－羽藤瞳
編集長－太田鉄平
発行者－梶本雄介
発行所－株式会社アルファポリス
〒150-6008 東京都渋谷区恵比寿4-20-3 恵比寿ｶﾞｰﾃﾞﾝﾌﾟﾚｲｽﾀﾜｰ8F
TEL 03-6277-1601（営業）　03-6277-1602（編集）
URL https://www.alphapolis.co.jp/
発売元－株式会社星雲社（共同出版社・流通責任出版社）
〒112-0005 東京都文京区水道1-3-30
TEL 03-3868-3275
装丁・本文イラスト－アズ
装丁デザイン－ansyyqdesign
印刷－図書印刷株式会社

価格はカバーに表示されてあります。

落丁乱丁の場合はアルファポリスまでご連絡ください。

送料は小社負担でお取り替えします。


ISBN978-4-434-27797-9 C0093